ランブル坂の妖精

Fairy of
the RUMBLE slope

ほそやまこと

東京図書出版

ランブル坂の妖精 ✣ 目次

須藤君のことづて

ボクはあまり夢を見ない。見ても目覚めた瞬間にはもう忘れているたちだから、あの朝に限って妙にリアルで、鮮明で、脳裏にへばり付くような夢の記憶はとても奇妙な感じだった。

夢は長い時間ボクの眠りを占領していた。夢の中で何も語らなかった男。底知れぬ深い穴の底を覗きこむような目でボクを見つめていた男。無色で、おぼろげで、暗く輪郭の乏しいその表情からは何の感情も読み取れない。

まだ半分は眠りの中、眠りとも覚醒ともいえない薄ぼんやりとした意識の中で夢の中のあれが誰だったかを考えた。しかし、どうにも思い出せない。

やがて、夢と記憶の糸が繋がりはじめるころ、その名前は、もうとっくに消去されたはずの深い記憶の淵から甦るように浮かんできた。須藤、そう須藤だった。すっかり忘れていた。

〝なぜ、突然今になって〟

と思った。あいつとはもう何年も会っていないのだから。

※

須藤とは高校が同級で仲が良かった。暗い目をしていて、ぶきっちょで、子供のころから剣道を習っていることにひどく幼いプライドを持っていた。

自分を主張できるのは強いことしかないと思い込んでいるふうで、いつもストイックに板に握りこぶしを打ちつけては拳を鍛え、自己流の喧嘩空手の威力を誇示した。生来の口下手と眼窩の落ち込んだ風貌は人に凶悪な印象を与え、あまり頭も良くないから教師への受けもすこぶる悪かった。

実際、当時の不良じみた子供たちやワルを気取った連中とは少し違って、追いつめると何をするかわからないようなところがあったから友達もいなかった。だから、群れることもなかった。

その須藤がどういうわけかボクとはウマが合った。あいつは、当時ビートルズのコピーバンドを組み、ギターが巧く、派手で、目立ちたがりやで、考えることといえば女の子のことばかりといったタイプのボクに妙に心を許した。

ボクの記憶では、二人は教室でも放課後も休みの日もよくつるんでいたように思う。他にも友達はいたが、気がつくといつもあいつがそばにいた。他の誰かが一緒にいた憶えがないからあいつといるときは二人だけのことが多かったように思う。

二人でいるときはあいつの暴力的で凶悪な印象は消え、小心で、臆病で、時にひどく繊細な面が顔をのぞかせた。父親を早くに亡くし、母一人子一人の貧しい家庭で育った生い立ちもあってか、あいつは屈折していた。死んだ父親のことはほとんど話さなかったし、母親や家のことも話したがらなかった。

互いの家は電車で一時間以上も離れていて、ボクの家は山側、須藤の家は海の近くにあったから、夏、海に泳ぎに行くときはいつも須藤の家が海の家代わりになった。

死んだ父親が残したという猫の額ほどの店は母親が切り盛りしていた。店はテレビや洗濯機などの家電製品が何台か申し訳程度に置いてあるだけの小さな電器店で、表には須藤電器店の屋根看板が掛かり、その下に松下電器だったかナショナルだったか、埃まみれの古ぼけた看板が一枚下がっていた。

須藤の話では、仕事は近所の客の注文に応じて商品の取り次ぎをしたり、商品を届けたり、メーカーや大型店で売れた商品を委託で配送したり、据え付けたり、という話だったが、小さな店の中には客が数の中から選べるほどの商品は置いていなかったように思うし、店に客が出入りする姿も見たことがない。

店の奥にある住宅は六畳くらいの畳部屋の向こうに小さな台所があって、店に通じる土間を挟んだあたりに風呂とトイレがあったように思う。六畳の部屋には家具がなかった。狭くて、殺風景で、何もない家だった。

今から思うと、地元の学校とはいえ、とても私立高校に行ける家庭環境ではなかったように思う。あの商売からそれなりの収入があったようにも思えないから、多分、死んだ父親の生命保険か遺族年金のようなもので生計を立てていたのかもしれない。

息子の友達が訪ねてもほとんど口を開かず、いつも暗い表情をしていた母親の印象は薄い。寡黙な母親だった。あいつはそんな母親に対して暴君のように振る舞い、気に入らないことがあると怒鳴りつけた。

そんな息子の言うがまま、ただ黙って従う母親の様子は両親が絶対的存在という家庭環境に育ったボクの目にはかなり異様に映った。とはいえ、須藤とボクの関係は他人には立ち入りがたい領域で成り立っていた。

ボクらはよく二人で学校をサボった。面白半分にタバコを吸い、小遣いに困ると万引きした。街中で他校のワルと鉢合せしたときは、相手がチビとみれば居丈高に凄み、自分たちよりもデカければ一目散に逃げた。学校の退け時には同じ市内の女子高生を待ち伏せてからかった。

高校二年の秋、ボクは校内でタバコを吸っているところを見つかって停学になった。父親には死ぬほど殴られた。丁度同じころ、須藤もあの年頃にはよくある暴力沙汰で停学になり、そんなことが何回か重なった挙句に留年した。

学年とクラスが変わるとボクらは顔を合わせなくなり、あいつは学校に来なくなった。すっかり厄介物となった須藤は、やがて、校外で起こした些細な暴力事件を口実に退学となった。ボクは須藤の存在を忘れた。

※

卒業後、都内の有名私立大学に進学したボクは親元を離れ、下北沢に部屋を借りて一人住まいを始めた。

大学では音楽美学を専攻し、学生バンドを結成してベースを担当し、やがて、ヤマハのビッグバンドにスカウトされてプロを目指した。ちょっとした冒険のつもりで参加した前衛的な演劇活動で知り合った女と同棲したのもその頃だった。

何かの都合で海沿いの町に行くことがあって、そのついでにあいつの家に立ち寄ったことがある。須藤とその母親は変わりなく暮らしていたが、ボクの目にはそれがただ変わりばえのしない暮らしに映った。

親子は久しぶりに訪ねたボクを無条件に歓待したが、暗く寡黙な母親と、高校時代にタイムスリップしたような話しかできない須藤の田舎臭い幼さは都会の風に馴染んだボクを辟易させた。

大学ではゼミより芝居や演奏活動に血道をあげた。中学や高校時代の思い出は薄れ、自堕落な学生生活と、芝居と、演奏活動と、都会の夜の記憶がそれに取って代わった。

卒業には五年かかったが、結局、プロの演奏者にはなりきれず、同棲していた女とも別れた。今思うとそれが人生で最初のつまづきだったように思う。ボクは生き方を変えた。

※

卒業後は親の経済的援助でフランスとアメリカに遊学した。帰国後は父親の事業を手伝うことになり、そのことがもともと乏しかった金銭感覚をもっと麻痺させた。

父親の会社では入社早々子会社のひとつを任された。何も知らない若者が社長と呼ばれ、年上の社員を顎で使い、イタリア製のスーツを着、黒の高級車を乗り回して自分は特別な存在なんだと思い込んだ。

そんな若者はやがて人並みに結婚し、子供ができると海の近くにメゾネットタイプのマンションを買った。何もかもが順調な人生に思えた。

十年ほど経ったころだったと思う。海岸通りを走っていると、対向車線を挟んだ向こう側の歩道に所在なく突っ立っている男がいる。見覚えのある顔だった。左側に車を寄せ、窓を開けて声をかけた。

須藤は突然目の前に現れた黒塗りの高級車に格別驚いたふうもなく近寄ると、

「あっ、ほそや……」

と言った。

久しぶりに会った須藤の存在感は薄く、その表情は何か魂の抜けたもののように覇気がなかった。

ボクたちの間には何年も会っていないもの同士が再会した時の熱い感激も興奮もなく、やがて、ボクは声をかけたことを後悔しはじめた。

話のきっかけは憶えていない。木偶のように突っ立っていた須藤が唐突に、

「釣りはやるの？……」

と聞いた。

当時、無類の釣り好きだったボクは、

「ああ……」

と答えた。

須藤は小さな漁港の先にある突堤の方角を指差して、

「あそこの堤防の先で魚がよく釣れるんだよ、こんど、一緒に行こうよ」

と言った。

実際、釣り好きの人間にとって〝釣れる〟の一言は必殺の殺し文句だったから、その言葉に無条件に反応したボクは財布に残っていた名刺の中から一枚を抜き出し、裏に自宅の電話番号を書いて渡した。渡しながら、ふと、

〝でも、こいつと釣りは似合わない〟

と思った。

その年のクリスマスだったか暮れか正月のころに電話があった。受話器を取ると須藤のどこ

か現実感の乏しい声が聞こえた。

これといった用事があっての電話ではないようだったから、二言三言言葉を交わしただけで会話は途切れた。

ボクは受話器を置くための適当な口実を探しはじめ、それを察知した須藤は、

「最近釣りやってるの？……」

と話を変えた。気のないふうに、

「ああ……」

と答えると、

「このあいだの堤防の先でアジが釣れてるんだよ、こんど一緒に行こうよ」

と言った。

ボクは、あのどこか浮世離れした感じの須藤と釣り人のイメージがまだ頭の中でつながらないまま、

「ああ、今度な……」

と答えて受話器を置いた。そして、

〝得体の知れない電話だ〟

とだけ思った。

父親の会社には二十年ほどいた。入社して数年経つと古参の番頭や会社幹部との軋轢がひど

くなり、やがて、経営権を譲りたがらない父親との確執が始まり、社内の派閥争いや陰険な足の引っ張り合いに翻弄されたボクは、結局、憔悴しきって会社を辞めた。

今思うとそれが人生で二度目の挫折だったように思う。ボクはまた生き方を変えた。

※

海外生活で培った語学と父親の会社で身につけた貿易実務の経験を生かし、海外の先端技術やモノポリアイテムを国内に導入するビジネスモデルは時流に乗り、四十歳ではじめた事業は一～二年で軌道に乗った。

研究者としても成功した。個人事業を営む傍ら、専門分野として選んだ水環境化学の分野では一応名を知られるようになり、独立から四～五年経つと事業運営と研究と執筆と講演活動に忙殺されるようになった。

忙しさに比例して収入も増え、やがて、仕事よりも税金対策に頭を抱えるようになった。収入に伴って貯蓄も増え、貯蓄が増えるとそれ以上に収入が欲しくなり、今度はそれを失うことが怖くなった。

そんな頃だったと思う、海岸通りを走っていると向こう側の歩道に所在なく突っ立っている男がいた。左側に車を寄せて声をかけた。

須藤は突然の再会に驚いたふうもなく近寄ってくると、

「ほそや……」

と言った。

久しぶりに会った須藤は消え入りそうに薄かった。何をどう話したのかも憶えていない。それほど影が薄かった。

須藤は小さな漁港の先にある突堤の方角を指差して、

「あそこの堤防の先でイサキが釣れてるんだよ、こんど一緒に行こうよ」

と言った。ボクは気のない声で、

「ああ、行こう……」

と言いながら、

〝こいつは口ばかりだから〟

と思い、

〝ザコにかまっている暇はないんだ、今の仕事が一段落したらすぐにドイツに飛ばなければいけない。とにかく、年収三千万円を稼ぐのは大変なんだから……〟

とも思った。そして、そう思うと、何か、自分が特別に価値のある人間に思えてきた。

※

それから一〜二カ月経ったころ、高校の同窓会があった。会場に須藤はいなかった。

〃そういえばあいつは卒業してなかったな〃

と思い、納得して忘れた。

同窓会は盛況だった。立食形式の会場をうろうろしていると榎田がいた。榎田は地元でスーパーマーケットを経営している勝ち組の一人だ。実際、羽振りが良く見えた。

ボクらは一通りの世間話を交わし、通り一遍の昔話が尽きると話の接ぎ穂を失って無口になった。

しばらくバイキングの皿をつついていた榎田は思い出したように顔を上げ、

「そういえば、須藤って憶えてるだろ、あいつ死んだらしいぜ、半年くらい前だよ」

と言い、たたみかけるように、

「何で死んだかわかるか？」

と言った。

榎田は訝しげに首を横に振るボクに顔を寄せると、何か口に出してはいけない話題にでも触れるように声をひそめて、

「栄養失調だってさ……」

と言いながらボクの顔を覗き込み、

「だけどさ、変じゃないか、今のこの時代に餓死だぜ……」

と言いながら、いかにも薄気味悪そうな表情でボクを見つめた。

一瞬、あの消え入るように影の薄い男の姿が脳裏に浮かび、ふと、

〝あいつとはつい最近会ったばかりだ〟

と思った。そして、あれがいつのことだったかを考えた。記憶が曖昧ではっきりと思い出せない。何か、会うはずのないときに会っている気がした。

結局、榎田との話はそれきりになり、ボクらは須藤の存在を忘れ、かれこれ三十年ぶりの同窓会は大いに盛り上がった。

その後、最初の妻と別れた。些細な行き違いが別れる別れないの話になり、慰謝料や財産分与の話がこじれて調停になり、やがて、泥沼の裁判になり、結局、離婚の申し立てから離婚成立まで二年かかった。

離婚騒動を巡るゴタゴタと生活の変化で仕事量は激減し、そんなこんなで事務所も閉めた。すっかり嫌気のさしたボクは、結局、財産のほとんどを別れた妻に残して家を出た。

今思うとそれが人生で三度目の挫折だったように思う。ボクはまた生き方を変えた。

※

騒動が終わると世界が変わって見えた。何かすっきりとした気分になり、あれほど執着して

いた家や金も、失ってみるとどうでもいいものに思え、そんなものだけのために大真面目に争ったことがひどくばかばかしいことに思えた。

同じ県内の西の外れに住まいを移したボクは性懲りもなく二度目の結婚をし、ある大手企業の技術顧問として職を得た。蓄えも収入も減ったが暮らしに不自由はなかった。むしろ、金銭欲や名誉欲から解放されて研究者としての仕事に没頭できた。良い仕事をしているという実感もあった。

そして何年かが経ち、ボクはいつの間にか老いを感じる歳になっていた。そんな頃にあの夢を見た。後にも先にもあれ一度きりの夢だったが、一度見ただけで十分だった。それほどリアルで忘れられない夢だったのだ。

その日からあいつの哀しげな表情が脳裏から離れなくなり、そんな気分が何日も続いた。あいつの死にかたが死にかただっただけにどうにも気になり、ある日、おぼろげな記憶を頼りに車を走らせてあの親子が暮らしていた家を捜した。

須藤の家を見つけるのは思いのほか簡単だった。薄汚れてペンキの剝げ落ちた須藤電器店の看板はそのままだったし、住居兼店舗があったと思しきあたりには埃まみれの軽トラックが放置されていた。

孤独死だったのだろう。持ち主が死んでもう何年も経つのに、寂れた商店街の並びにある店の残骸は誰が始末するわけでもなく朽ちるまま放置されていた。哀しい光景だった。須藤が無性に可哀そうになった。もし彷徨っているなら何とかしてやりたいとも思った。

知り合いに霊能者がいる。霊視を頼んだら、

〝未浄化霊です〟

とのことだった。霊能者はあの世に逝くよう説得したが、須藤は、

〝ここは居心地が良いので、このままそっとしておいてほしい〟

と言い張り、霊能者にボクへのことづてを託したという。

ことづては自分の墓の前に咲いている花をボクの家の庭に植え替えてほしい、といった内容のものだった。

ボクはその意味を考えた。結局、よくわからないまま、

〝ここは居心地がいいんだろうな〟

とだけ思った。ただ、見えないものに居座られるというのはあまり気持ちのいいものではない。憑依されたという感じはなかったが、この世に未練を残すものに頼られるというのは何処か持てあます感じがあった。迷わず成仏してほしいという思いもあった。霊能者に相談したところ、縁のある者が送るしかないということになり、結局、その霊能者の立ち会いで除霊をすることになった。

除霊はボクとその霊能者で行った。須藤はボクの傍にいた。霊能者は真摯な態度で未浄化霊に語りかけ、長い時間かけて説得した。やがて、須藤の霊が納得したのであとは当事者のボク

が送るのがよいと言う。

ボクは霊能者の言葉に従って目を瞑り、その言葉に従って意識を集中した。何ものかがそこにいるのがわかった。やがて、時間の感覚が遠のき、そして、普段目で見るものとは違う何かが見えてきた。

その何かの手をとり、そして昇った。どちらの方角かわからない。三次元的に言うと上に昇る感覚かもしれない。あいつは意外なほど素直についてきた。そのまま上に昇った。とても速く高く昇った。

そろそろと思ったころ手を離した。あいつはそのまま昇って行った。やがて、温かいものが胸に広がるのがわかった。言葉が聞こえたように思った。

〝さよなら……〟

だったか、それとも、

〝ありがとう……〟

だったか、はっきりとしない、伝わってきたのはそんな意味のことだった。

胸の奥に温かいものが流れ、満たされた想いが広がった。

〝ああ、あいつ逝ったんだな〟

と思った。

ふと、高校生だったころのあいつを思い出した。そして、須藤はずっとあの場所にいたのだということに気がついた。須藤の時間はあそこで止まっていたのだ。
あれから、須藤の夢は見ていない。

了

三階の野田さん

突然、

〝実は私事にてご報告がございましてお手紙を差し上げました……〟

から始まる手紙が届いたのは数年前の五月連休が始まる前のことだった。ワープロで打たれてコピーされた文面の書き出しは、

〝私こと野田浩介は平成十二年四月二十六日、ワインと睡眠薬を楽しみながら還暦を一期に文字通り眠るがごとく安らかに、これまでの数々のご厚情を謝しつつ……〟

と続き、形見分けのつもりなのだろう、封筒には彼がいつも身につけていた棒タイが同封されている。

もともと筆まめな男だったが、電話もメールもあるのにわざわざ長文の手紙をよこすというのも妙な話だったし、いつになく他人行儀なその書き出しにも違和感があった。同封の品やここ数日来の行状から思い当たるふしもあって、文頭の一行目を読んだ瞬間に直感した。自殺したのだ。

覚悟の死だった。それも、思いのたけを書き綴った長文をコピー印刷して死の直前に投函す

るといったその緻密さは、何事にも子供っぽいほどの熱心さで熱中した、いかにもあの男らしい用意周到な行為だった。手紙は大仰に、

〝振り返れば一生無二の伴侶として私を支え続けてくれた家内云々……〟

と続き、死を覚悟するに至った事の顛末、告別の儀は一切行わないこと、また、見舞いや悔やみの訪問や電話は一切無用のことなどを長々と、彼らしい文章で饒舌に語り、最後は、

〝さようなら〟

で締められていた。ワープロで記された文面の後には、

〝ほそやさん、本当に申し訳ない、どうか悲しまないで下さい……〟

から始まる手書きの文章が付されていたが、ショックで読み続けることが出来ない。驚きと怒りの入り混じった感情が溢れて、饒舌に続く文章の意味を咀嚼することが出来ない。

茫然と、人はこんなに簡単に消えるものだろうかとただ思い、そう思うと何か拠り所のない気持ちになり、そして泣いた。悲しかった。

残された奥方と家族に電話を入れるかすぐに行くか迷ったが、

〝見舞いや悔やみの電話は一切無用のこと〟

と書き残した彼の心情を思って一旦はやめようと思い、しかし、やはりじっとしていられず、結局、着替えもそこそこに電車に乗り、三十分ほど離れた町で熱帯魚店を営む彼の店兼自宅まで行った。

野田さんの住まいは人通りの多い表通りから少し入った路地奥にあって、一階が店、二階が事務所兼倉庫、三階が自宅になっている。何処をどう歩いたのか、とにかくそこまでたどり着いたボクは、ちょうど路地を入ったところに立つ太い電柱の陰に隠れるようにして店の中を覗いた。

一階の店は開いていた。店内は閑散として客の影はない。遺書に自分の死にかかわらず営業を続けると書いた彼の遺志に沿ったのだろうが、主人の死の直後に何事もなかったかのように営業を続ける遺族や従業員の心中を推し量ることは出来ない。しかし、残った者に何もするなと言い残して死んでいくのもずいぶん自分勝手な話だと思った。

結局、奥方や遺族と顔を合わせる気力も勇気もなく、逡巡した挙句、その日はその場で手を合わせた。

※

事の真偽はわからない。今、あの遺書を冷静に読み返すと、店の資金繰りに行き詰まった末の自殺というのが、友人でもあり仕事仲間でもあったボクへの説明だったように思う。生命保険金目当てということもあったかもしれない。

持病もあった。ざっと思い返すだけでも重度の椎間板ヘルニア、前立腺肥大、痔ろう、不整脈など、特に心臓の疾患は深刻だったようで何回も手術を繰り返しているから、これだけの病巣を抱える肉体では生きるのが面倒くさくなるというのもわかる気がする。

多分、死ぬ理由は親族や友人や取引先など、生前の関係によって様々に脚色され説明されているのだろうと思う。自分が何かを行うときの理由など、どう考えても自分自身がわかるはずはないのだから、ましてや、理由のわからない行為の結末などわかるはずもない。

何れにしても、野田さんは言い訳がましい身勝手なごたくを並べながら、残された家族に多額の借金を残して死んだ。これが、おおかたの公平な見方だろう。彼がボクの唯一無二の親友だったことや、当時の健康状態から見て同情できる点が多々あったことを差し引いても、多分、そのあたりの解釈が正解なのだろうと思う。

命日は四月二十六日、遺書が送られてきたのは四月二十七日だった。結局、残された奥方や子供たちに会ったのは彼が死んでから二週間ほど経ってからのことで、遺骨は彼が愛してやまなかったバリ島に撒いてほしいという遺志はその時聞いた。

インドネシアのバリ島に行ったのは一年ほどしてからで、今は未亡人となった奥方の紀子さんと野田さんの兄弟夫婦、そして、ボク達夫婦が遺骨に同行し、彼が常宿にしていたガゼボホテルの沖に散骨した。

バリ島での散骨を終えてからは、毎年彼の命日に自宅を訪ね、形ばかり設えた仏壇に手を合わせ、線香をたき、しばしの間紀子さんと野田さんにまつわる昔話にふける。そんなことが続いて何年か経った。

彼の店は一旦紀子さんが継いだが三年ほどで息子夫婦に譲った。彼の残した多額の借金は息子夫婦が切り詰めた生活の中から少しずつ返済している。滞っているという話は聞かない。

親友といってていいのだろう。仕事仲間でもあったから日ごろ会う機会も話をすることも多かった。長い付き合いだから特別意識もしなかったが、ある時期、もしかしたらこういうのを親友というのかもしれないと思い始めたころに片方が死んだ。

不思議と彼の夢を見なかった。突然逝かれたのでこちらは釈然としない。問い詰めたいこともあるので夢に出てこないものかと思ったりもしたが全く出てこない。

※

共通の知り合いに憑依体質の男がいる。ある日、何かの都合で野田さん宅を訪ね、促されるまま三階に上り、仏壇に手を合わせた。その夜連絡があった。本人曰く、

〝何かに憑依された〟

という。

聞くほうは半信半疑で、それが野田さんであるはずはない、バリまで行って散骨したのだから成仏しているに違いない、とは思いながら、しかし、死にかたが死にかただっただけにどう

にも気になった。

知り合いに霊能者がいる。霊視を頼んだら、

〝ご友人の未浄化霊です。ただ、その方が彷徨っているのはカルマの法則に従ってのことであり、私たちにできることはありません〟

という話だった。あまり信じたくない話だ、とは思ったが全く信じないわけにもいかない。霊能者の話にはどこか信憑性があったのだ。

そのまま放ってもおけないので翌日野田さん宅を訪ねた。三階に上り、仏壇に手を合わせ、安らかに成仏するよう心の中で語りかけ、長い時間祈った。

家に帰ってしばらくすると背筋に悪寒が奔(はし)った。首の裏側がゾクゾクする。部屋を暖めても上着を羽織っても鳥肌が立つような感触が消えない。首の裏側から何かが侵入する感触、内側に異物が入るときの違和感に苛立ちながら、その何かに向かって、

〝何もボクに憑くことはないだろう〟

と抗議した。してはみたものの、その薄気味悪い感触は消えない。

翌日、東海道線を走る列車のグリーン車に乗ったら急にビールが飲みたくなった。通りかかった車内販売のカートを止め、しっかりアサヒドライと銘柄を指定して買った。味は憶えていない。

健康上の理由で酒をやめて数年になる。

〝最近では飲みたいと思うこともないのに〟

と怪訝に思いながら、ふと、ビールとワインを無上に好み、ビールは他の銘柄や発泡酒など見向きもせず、頑固にアサヒドライしか飲まなかった野田さんを思い出した。そういえば今日は一日変だった。

例の憑依体質に連絡をとり、除霊の方法を尋ね、除霊を祈願してマントラを唱えた。暫くして憑いたものの気配はなくなった。あの三階に戻ったようだ。

除霊のマントラが効いたのか、憑いたほうに嫌気がさしたのかわからない。だいたい、酒もタバコもやらず世捨て人のような生活をおくるものの肉体は、この世の執着を捨てきれないものにとってあまり居心地の良いものではなかっただろうから。

ただ、肉体を持たなくても親友には違いない。もし自殺が祟って成仏出来ず、この世を彷徨っているとしたら可哀いそうだと思い、例の霊能者にまた霊との接触を頼んだ。

霊能者は野田さんに語りかけ、あの世に逝くよう説いたが、本人曰く、

〝迎えに来たものがいるので自分が死んだことはわかっているが逝けない〟

と頑張るらしい。

いったん思い込むと頑固な男だったが、肉体から離れてもその性格は変わらないらしく、どう説得しても、

〝申し訳なくて、とても自分だけ先に逝くわけにいかない。家内とほそやさんが来るまで待っ

て、そろったら一緒に行く〟の一点張りらしい。ボクはちょっと不思議な気分になり、〝申し訳なくて〟の意味をふと考えた。

それは、多額の借金を残して逝ってしまって申し訳ないという意味なのだろうか。残されたものたちに悲しい思いをさせて申し訳ないということなのだろうか、それとも、預かりものの肉体を粗末に扱い、自分勝手に逝ってしまって申し訳ないと言っているのだろうか。

筋金入りの唯物論者であった彼は、常々、

「人生は一度きりだよ」

と言い、

「人が死ぬっていうのは夜中にテレビの画像が急に終わるときのようなものでさぁ、パッと画像が消えて、ザーッとノイズが入って、あとは何も映らない、死ぬなんてそんなものだよ……」

と、自信たっぷりに語っていたものだった。そんな死生観を生きた彼は、いざ、自分が肉体を離れてみたら、まだ、自分が存在していることにずいぶんと驚いたに違いない。

あちこち壊れかけた肉体に嫌気がさし、その肉体への執着から逃れようと潔く離れた。と、思ったら自分はまだそこにいるのだ。その時、いったいどんなふうに思ったのだろう。

ボクは、ちょっと気の毒な気分になり、しかし、この世とあの世の境など、そんな中途半端なところで待っていられても困ると思った。

そんなわけで野田さんはまだあの三階にいる。

了

隣のロッカー

トロイは郊外型の多目的レジャーセンターといった感じの遊戯館で、広い駐車場のまんなかにある建物のエントランスを入ると、ゲームセンターや映画館、マンガ喫茶、ボーリング場などが放射状に配置されている。そして、その一画にはトロイ温泉がある。

トロイ温泉は昔の銭湯を今風に進化させたスーパー銭湯で、大浴場には白湯やジャグジー、サウナ室、壺湯、露天風呂があり、浴室の外ではボディーケアや韓国式アカスリが受けられ、一風呂浴びたあとは食事もできる。

ボクがトロイ温泉に行き始めたのは、多分、五〜六年前からだったと思う。だいたい夕方ごろ行って、風呂とサウナで汗を流したあと、ボディーケアでマッサージを受ける。多いときで週に一〜二度は通っていた。

確か、その店に行き始めて二〜三年したある日のことだった。サウナで汗を流して湯に浸かり、身体を流したあと更衣室で服を着ていたとき、ふと、妙なことに気づいた。何故か、その店でロッカーを使うときは必ず隣のロッカーに人がいるのだ。

以前から何となく気にはなっていたのだが、何が気になるのかがどうもはっきりしなかった。

その日、突然そのことに思い当たり、思い当たるとまた、

〝そういえば……〟

と思った。思い出せる限り遡ってみても、この店に通いはじめてからはずっとそうだったような気がする。つまり、隣のロッカーに人がいなかった記憶がないのだ。

更衣室のロッカーで隣のロッカーに他の客がいると扉を開けにくく、何となく邪魔で着替えにくい。一回や二回のことならその時だけの話なのだが、それが毎回、行くたびのこととなると妙に気になる。気にすまいと思っても、行けば必ず隣に客がいるか客が来るので気にしないわけにもいかない。

そう思ったときはまだ半信半疑で、多分、気のせいだろうとも思ってはみたが、一度気になりだすと今度はそればかり気になり、気になることを気にし始めるとなおさらのように気になるといった感じになった。

トロイ温泉の更衣室は広くて、ロッカー数にして数百はあるだろうか、かなり大きな部屋だ。比較的時間が自由になるボクは客の多い週末や祝祭日にはまず行かないから、普段、更衣室にいる客は多くても十〜二十人、少ないときは三〜四人、比較的混んでいるときでもあの広い更衣室にパラパラと人がいる程度だから、そもそも隣り合わせのロッカーに他の客がいるということ自体が変だった。

変だと思うから更衣室を出るときに後ろを振り返る。振り返って一渡り室内を見回すが、部

屋のあちこちにポツリポツリと散らばる客たちに隣り合ったロッカーを使うものはまずいない。自分だけかと思うとますます妙な気分になった。

※

人から見れば大したことでないのはわかっている。が、当の本人にしてみればどうも釈然としない。取りあえずそんな話をする相手もいないので妻に話したが、彼女曰く、

「あなた、おかしいと思われるから、それ、人に言わないほうがいいわよ……」

と言う。おかしい人間におかしいと言われたくないとは思ったが、要は、

〝スーパー銭湯でたまたま隣のロッカーに人がいたからってそれがなに……〟

ということらしい、が、こちらはそれが〝たまたま〟ではないんだ、ということがうまく説明できない。

でもまあ、言われてみるとそうかもしれない。いや、確かにそうだ。こんなことを人に話せばおかしいと思われるのはこちらだ、いや、もしかしたらボクは本当におかしいのかもしれない。

しかし、だいたいボクは働くのが好きでない。だから働き過ぎによる過労ということはまずない。特に勤勉とも思えないから仕事上のストレスによる幻覚など見るはずもない。将来はわ

からないが、今は至極まともだ。

よくよく考えれば、スーパー銭湯の隣のロッカーに他の客がいたからといって何も実害はないわけだし、別段大騒ぎするほどのことでもない。と、そんなふうに考えると実際そうも思え、結局、無理やりそう思い込むことにしてボクのスーパー銭湯通いは続いた。

※

フロントでロッカーキーを受け取り自分のロッカーに行く。と、隣のロッカーに誰かいる。初めは誰もいなくても着替えを始めると隣に客が来る。ボクのすぐあとに入ってきた客が隣のロッカーを使う時もあるし、風呂から上がった客が隣のロッカーを開ける時もある。浴場に入る前にたまたま人がいなくても風呂から上がるときには必ず人が来る。つまり、トロイ温泉に行けば隣のロッカーには必ず誰かいるという状況が半年続いて年が暮れた。

年が明け、正月気分が抜けたころのある日、町は閑散として人けがない。正月休みはさぞかしごった返したであろうトロイ温泉も客の姿はまばらだった。その日は隣のロッカーに先客がいることもなく、久しぶりにすがすがしい気分で風呂に入った。

大浴場もガラガラだった。休み明け、世間が動き始めたばかりの平日の昼間にスーパー銭湯で湯に浸かる暇人は多くない。人があくせく働いているときにゆっくりと湯に浸かる気分も悪くない。

サウナ室で汗を流し、身体を洗い、露天風呂に浸かってから更衣室に戻った。ボクの他には先客が一人、背中あわせのロッカーを挟んだ向こう側で着替えをしているから顔は見えない。広い更衣室に客はたった二人、ボクはホッとして下着を身につけ始めた。

暫くすると客が一人浴場から出てきた。いささか年配のその客は濡れた身体を拭い、浴場の入り口にあるデジタル秤に乗って体重を量り、おもむろにボクの背後に立ち、そして、隣のロッカーの扉を開けた。一瞬唖然として顔を見た。フツーのオヤジだった。

※

〝人に言わないほうがいい〟

という妻の忠告を守り、ひたすら沈黙を守ってきたボクもそのあたりが限界だった。スーパー銭湯もしばらく通うとスタッフに知り合いも出来る。毎回のようにマッサージを受けるボディーケアのスタッフは特に親しい。彼にならの大抵の話は出来ると考えて彼に訴えた。

取りあえず他の客の手前もあるので出来るだけ小さな声で話した。〝あぶない客〟の烙印は押されたくないのであまりシリアスにならないよう話し方にも気をつけた。客商売に熟達した彼らは〝変な客〟の扱いには慣れている。いつものように手際よく背中を揉みながらボクの話

を聞いていた彼は如才なく、

「何故だか、周りに人を集めるエネルギーを持ってる人っているんですよね……」

と言い、それにはボクも、

〝なるほど……〟

と合点した。ものは言いようだ。如何に怪しげなことでも、人を寄せるエネルギーのせいと言われれば悪い気はしない。一瞬、

〝そんなもんかなぁ……〟

と思い、そして、

〝そうに違いない〟

と思い直した。

そういえば、空いているレストランに入ると突然店が混み始めるとか、食事を終えてレジに立つと同時に席を立った他の客の会計と重なってレジの前に並ぶ羽目になるとか、丁度、

〝暫く会ってないなぁ……〟

などと考えていた知り合いとたまたま電車で一緒になるとか、自分には以前からそんな偶然ともシンクロニシティともとれるようなことが多い。

この場合、ボクに限って何故冴えないオヤジにばかり囲まれなきゃいけないのか、といった不満はあるが、たとえ偶然で片付けられない話でも、何かそうした目に見えないエネルギーの

力が働いていると考えれば納得がいくと思い、そう思うと少し安心した。

※

更衣室に入ると必ず隣のロッカーに客が来るという不思議はそれからも続いた。いや、むしろだんだんひどくなる。自分のロッカーに行くと右隣のロッカーに客がいる。風呂から上がって着替え始めると左隣のロッカーに客が来る。そのうちに真後ろのロッカーにも客が入るといった具合で、どういうわけかボクの周りだけが妙に混雑するようになっていった。

フロントでロッカーキーを受け取って更衣室に入り、自分のロッカーを探し当てる。周りに客の姿はない。取りあえずホッとして扉を開け、着ていたものを脱ぎ始める。と、左隣のロッカーに客が来る。少し嫌な気分になる。と、今度は右隣に客が来る。偶然にしてはおかしい。首をかしげているとそのまた隣に客が来る。

意味不明な不安に駆られて顔を上げると、いつの間にか数人の客がボクのロッカーを挟んで横一線に並んでいる。そっと周りを見回すと広い更衣室の中に他の客はいない。

洗い場で身体を流して風呂から出る。身体を拭いてロッカーの扉を開ける。と、ほとんど同時に風呂を出た客がすぐ左隣のロッカーを開ける。

だいたい、大勢の客の中で何故選りにも選って左隣の客が同時に風呂から出なきゃならないのかがわからないのだが、取りあえず、その客と押し合いへし合いしながら下着を着けていると、今度は右隣のロッカーに客が来る。左右の客に挟まれて、

〝どうも、これは普通じゃない……〟

と内心狼狽し始める。と、今度は別な客が真後ろのロッカーを開ける。

前後左右を塞がれて進退きわまったボクが両手に左右の靴下を持って立ちつくしていると、次に風呂から上がってきた客が左下のロッカーを開けるといった具合で、どうにもこうにも収拾がつかない。

それも、混むのはボクの周りだけで、どう見回してもだだっ広い更衣室の中はガラガラなのだ。なんぼなんでもとても偶然とは思えない。これは多分、フロントのロッカーキーの渡し方がめちゃくちゃなのだと思い当たった。

※

その日はたまたま顔見知りのスタッフがフロントに入っていた。幸い他の客の姿はない。ボクはその男を捕まえ、長年にわたるロッカー室での苦境を切々と訴えた。

たとえ、実害があろうがなかろうがもう我慢できない。人を寄せるエネルギーを持っていると言われてもそんなおだてには乗らない。とにかく、これはフロントのロッカーキーの渡し方

が悪いに違いないのだから。

　意外にも、彼はあっさりそれを認めると、

「それはフロントのキーの渡し方が悪いのです」

　と言う。ボクは何故か救われたような気分になって、なら何とかしてほしいと重ねて訴えた。

男気のある彼は歯切れのいい口調で、

「かしこまりました」

　と言い、躊躇するボクを引き連れて更衣室に入り、あれこれ物色した挙句、入り口近くのロッカーを一つ選んで、

「ここなら、まず隣に人は来ませんから」

　と言ってキーを渡した。それは入り口近くの、客の出入りが多くて落ち着かない場所で、確かにどう考えても他の客が来そうもない場所ではあった。

　何処か釈然としない感じはあったが、取りあえず、その日は更衣室の不思議を店のスタッフに訴えることができたし、顔見知りの人間がそれはフロントデスクの怠慢であると言い切ってくれた安心感もあった。彼の、

「今後は気をつけさせますから……」

　という言葉にも励まされて機嫌を直し、湯に浸かり、サウナ室で汗を流し、身体を洗ってから自分のロッカーに戻った。と、その時、更衣室に入ってきた客が右隣のロッカーの扉を開け

た。流石に薄気味悪くなった。

慌てて衣服を身につけ、走るように更衣室を出ると、先程のスタッフがこちらに歩いてくる。すれ違った瞬間、

「やはり隣に来たよ」

と耳打ちすると、一瞬戸惑った彼は呆けたような愛想笑いを浮かべ、妙に弱々しい声で、

「それ、フツーじゃないですね」

と言った。

※

用事があって東京に出かけた日の帰りがけ、東海道線の中で見覚えのある女性と乗り合わせた。一瞬、誰だったかと考え、確かトロイ温泉のスタッフだと気がついて声をかけた。向こうもこちらを憶えていて、

「久しぶり」

という話になった。

あたりさわりのない話をしているうちにお互いすぐ近くに住んでいることがわかった。当然、降りる駅も同じだった。

ボクらはポツリ、ポツリと言葉を交わし、時間が経つにつれて饒舌になった。彼女は最近トロイ温泉を辞めたばかりと言う。いきおい話題はトロイ温泉のことになった。

五つめの駅を過ぎたあたりから車内は空いて周りに客はいなくなり、向かい合わせのボックス席に座るのはボクと彼女だけになった。ボクらはますます打ち解けた雰囲気になった。

彼女はよくしゃべり、ボクはもっぱら聞き役に回った。接客業の裏話は面白い。とんでもない失態をしでかす常連客の話や従業員同士の間抜けなやり取りには笑ったが、くだらないのですぐに忘れた。

そんな取り留めのない話が途切れると饒舌だった彼女は少し寡黙になった。ちょっとした沈黙が流れ、そんな沈黙を挟んで、

「実は……」

と、彼女が言いだした。あの軽やかだった口調が心なしか重たい。

「あそこは変なことが多いんです……」

と言う。何か、喉の奥に引っかかるような口調になっていた。そのどこか秘密めいた口調に身を乗り出すと、彼女は、

「あのお店の休息室とか通路には客にはわからないように監視カメラが設置されててね」

と言って言葉を切り、上目づかいに車内を見回すと声を顰めて、

「でね、ときどき、その映像に奇妙なものが映るんです……」

と言う。そして、

「窓も開いてないし風も吹いてないのにカーテンが揺れたり、客もスタッフもいないはずなのに人影が映ったり……」

と言葉を続け、

「でね、確認のためにスタッフが様子を見に行ってもそこには誰もいないんです……」

と言う。最後のほうは聞きとれないほどの小声になっていた。

どうやら、それは店の従業員の間ではごくふつうにやりとりされている話らしく、実際に幽霊とおぼしき影の姿を見ることも珍しいことではないらしいのだ。

特に、一階のボイラー室辺りにはそれがよく出没するらしく、古参の従業員やメンテナンス要員は皆、二度や三度はそのあたりで妖しげな影を見ているのだという、ちなみに受付担当だった彼女は、

「まだ一度も見てない」

と言ってホッと肩を落とした。

※

確かにあの店は何かがおかしい、おかしい気はするが何がおかしいのかがはっきりしないのだ。

その日も露天風呂で湯に浸かり、サウナで汗を流したあとボディーケアでマッサージを受けた。いつものスタッフを指名し、彼を相手にいつもの調子で更衣室の不思議を蒸し返した。

それはつまり、今日も隣のロッカーに客がいた、といった内容の話なのだが、ボディーケアの彼は毎度お馴染みの話に適当に相槌を打ち、彼の相槌に気を良くしたボクは壊れたテープレコーダーのように同じ話を繰り返す、といったパターンだ。

ふと、数日前の電車の彼女の幽霊話を思い出したのはその時で、思い出すと気になり、やがて、確かめずにいられない気分になった。話が話だけに、まともに聞けば〝変な客〟から〝あぶない客〟への昇格は確実だったからどう聞いたらよいのか迷った。が、これといった妙案はなく、といってそれ以上深く考えることもなく、結局は、

〝どうもこの店は薄気味悪い、もしかして、何か怪しげな噂はないか……〟

といった感じの聞き方になった。ボディーケアの彼は言下に、

「ないです！……」

と言い切る。

いつもは愛想のいい彼が、その時に限ってはけんもほろろで取り付く島もない。言い方も不自然で引っかかる。何か意地になって否定している感じがあるのだ。

でもまあ、それも無理はないのかもしれない。ただでさえ従業員の間には妙な噂があるのだ。もし、そんな噂が客の間にでも広まれば店は深刻な打撃を被ることになるかもしれない。

そうなれば彼らの収入にも直接響くことになり、場合によっては店が潰れるようなことにもなりかねないのだ。仮にそんなことにでもなったら彼らは職を失うことになるのだから、と、そんなことを考えながら、その日、ボクの中では電車の彼女の話と更衣室の不思議が漠然とつながった。

※

その日は隣のロッカーに客はいなかった。湯から上がったとき広い更衣室に客は四〜五人、ボクのロッカーの前に子供がいる。向こうむきで床に座っている子供が二人。近づくと手前に座る子供がふっと振り返り、隣の子供をつついた。それは、

〝おい来たぞ……〟

といった感じで、二人はそれを合図のように身体の向きを変え、そして、ボクのロッカーの左隣の扉を開けた。

ボクには、何か、その子供たちがボクを待っていたように思えた。いや、あれは確かにボクを待っていたのだと思う。ボクは自分のロッカーを開けるのを一瞬躊躇した。

奇妙な子供たちだった。どこがといって巧く言いあらわせないが、現実感が乏しい。親の姿もない。スーパー銭湯に小さな子供だけ、それも、二人がひとつのロッカーというのも妙だっ

た。何か得体が知れない。

子供たちは着ているものを脱ぎ始めた。のろのろと時間をかけて脱いでいる。床に座り、時々、ふざけ合っては床を転げまわる。そんな感じでだらだらと脱いでは脱いだ衣服を左隣のロッカーに放り込む。

汚い子供たちだった。脱いだ衣服からは饐(す)えた臭いがする。裸になった子供たちは、やがて、のろのろと浴場に向かい、そして、ふっと消えた。一瞬、

〝あれは何だったんだろう……〟

と思い、不思議な気分になった。やがて、あの子供たちが本当にいたのかどうか確信が持てなくなった。ボクは長いことロッカーの前に立ちつくし、そして、

〝この奇妙な感じは何なんだろう……〟

と考えた。確かに何かが変だった。が、周りで起きていることが変なのか自分がおかしいのかがよくわからないのだ。

やがて、惰性のようにロッカーの扉を開ける、と同時に客が来た。その客は何事もなかったようにボクのロッカーの左隣の扉を開けた。左隣のロッカーは空だった。ボクは狼狽し、信じられない思いで周りを見回した。

そのうち右隣のロッカーに客が来る。広い更衣室に客は疎らで、人の姿はポツリポツリと見えるだけ、どう見回しても他に客はいないのだ。しかし、相も変わらずボクの周りだけは混ん

でいる。やはり何かが変だと思った。

着替えもそこそこにフロントに行った。フロントデスクは客で混み合っている。若い男のスタッフが一人てんてこ舞いの状態で、とても隣のロッカーがどうのと言っていられる状況ではない。ボクは気持ちの持って行き場をなくした。

※

気になりだすといろいろなことが気になる。ここのところ体調が芳しくないということも気になった。そういえば、身体の不調はここ数年続いている。

初めは軽い症状だった。確か、原因不明の蕁麻疹（じんましん）に悩まされ始めたのが六〜七年ほど前だから、丁度この店に通いはじめたころからだ。二〜三年前からはそれが腹痛や排尿時の違和感に変わり、その症状はだんだんひどくなった。

どういうわけか、最近はこのトロイ温泉に来ると下腹部が痛いとか、排尿時の違和感といった症状に悩まされることになる。たとえ体調が良くてもトロイ温泉に行った日の夜か次の日からは原因不明の腹痛や排尿時の痛みを感じることになるのだ。

ボクはあまり病院に行ったことがない。ものぐさで病院嫌いということもあるが、病院の待合室は待たされるし、待合室の人たちも結局のところどこか体調の悪い人たちだからどことなく陰気でいけない。

しかし、こうなると好き嫌いはいってられない。結局、朝早く起きて近くの総合病院に行く。行けば原因不明の痛みだからあちこちの科をたらい回しにされる。

しかし、内科に行っても泌尿器科に行っても整形外科に行っても、はっきりとした診断結果が出てこない。痛いとか違和感があるとか感じるのは本人だけで、診断や検査結果には異常がないから始末に悪い。

病院の検査結果では何の異常も見つからないわけだから、結局、原因がわからないまま日が過ぎて、そのうち、下腹部や泌尿器の違和感はなくなる。と、そんなことの繰り返しなのだ。

その日もトロイ温泉に入った翌日からせつないような下腹部の痛みが始まった。総合病院で精密検査を受けたが検査結果が出る前に痛みは治まった。念のため聞きに行った検査結果にも異常はない。若い担当医に、

「あれは何だったんでしょうね……」

と聞くと、若い医師は覗き込んでいたカルテから顔を上げ、

「何だったんでしょうね……」

と言った。

どうも尋常でない。どう考えても何かある、と、そう思うと気になって仕方がない。そうなると是が否にでも突きとめずにいられない。とにかくはっきりさせたい。

知り合いに霊能者がいる。しばらく迷った。実際、何がよくわからないからといっていきなり霊視がどうのというのはどうにも科学的でない。だいたい、スーパー銭湯の更衣室の隣のロッカーにいつも客がいるからといっていちいち霊視をさせられていたら霊能者もたまったものではない。

それはわかるが、しかし、こちらも切羽詰まっている。この際、科学的か科学的でないかや霊能者の心象を斟酌している余裕はないのだ。あれこれ迷ったあげく、結局、霊視を頼んだ。

霊視の結果、会いたいという連絡が入った。多分、半分は、

〝何もありません、あなたの思い過ごしです〞

といった結果を期待していたのだろうと思う。何も無ければ会う必要はないはずだと思っていたから、あまりいい気持ちはしなかった。が、会うことになった。

その日、霊能者とボクの会話は他愛のない雑談といった感じで始まった。ボクは例のスーパー銭湯で起きたことだけをただ訥々と話した。黙って話を聞いていた霊能者はボクの話を聞き終わるとしばらく瞑目し、やがて、目を開けると、

「霊視のとおりでした……」

と言い、そして、話し始めた。

※

※

その昔、あの地域は東海道の宿場町があったところで、当時は温泉旅館や旅人相手の歓楽街としてにぎわっていたらしい。特にあの界隈は旅館や客商売の店が多かった関係で、生前そうした客商売を生業にしていた未浄化霊が多く彷徨っているのだという。

やがて、大型歓楽施設のトロイができると、そうした未浄化霊は遊興客の集まるその場所に引き寄せられたらしい。霊能者の目にはそんな地縛霊たちが店内を忙しげに右往左往する姿が見えるというのだ。

普通、どの店にも一体や二体の地縛霊は憑いているのだが、特にあの店にはゴソッといるらしい。それはとても多くて、ざっと見ても八体から十体、実際、一カ所に十体近い地縛霊の数というのはかなり珍しいのだという。

そして、その地縛霊の集団をとても力の強い霊が差配しているらしい。つまり、その幽霊集団はやくざの元締めのようなボス格の輩に仕切られていて、その霊がどうもいけない。何故かこのボクにご執心らしいのだ。

この世に想いを残すものたちの霊は低い階層のものだから賢いことはできない。悪意はなくても自分たちの都合と我欲と執着と衝動の赴くまま無暗に引っ掻きまわすだけだから始末が悪い。とにかくこちらの迷惑には頓着ないのだ。

生前は旅館や歓楽街で客商売を生業にしていた地縛霊たちにとって、繁盛している店内で忙しく立ち働くのは無上の喜びらしく、店が混み合うのも何故かうれしいことらしい。

いきおい、店に来た客は一カ所に集められることになる。一つのロッカーに客が入ったら、次はその隣、次の次はその隣の隣、次の次の次はその隣の隣の隣といった具合だ。

霊能者曰く、ボクのオーラは特別に大きいらしい。何故か人一倍目立つオーラを放っているらしいのだ。色は聞かなかったが、後ろに大きくて、ざっと身体の三倍くらいはあるという。よくわからないが、それは普通の人と比べると圧倒的に大きくて、低級霊の目にはとても目立つ存在でもあるらしい。

そんなわけで、彼らにとってボクの入店は〝下々に下向されたお殿様〟という感じになるらしい。このオーラの持ち主が更衣室に入ると、低級霊たちは〝お殿様のご入浴〟という感じで俄然色めき立つ。

そもそも混み合うことが大好きな連中だから、ご入浴されるお殿様には派手におつきを付けたい。だから、たまたまそこにいる客がおつきになる。

銭湯に入った途端、誰かのおつきにされる客も災難だが、無理矢理おつきをつけられるボクも迷惑だ。しかし、取りあえずはおつきなのだから、彼らのロッカーはボクの周りに集中することになる。どうやら、ボクのロッカー周りに客が連なるのはそんなわけがあるらしい。

話には説得力があった。辻褄も合う。何よりも、その説明で今までどうもはっきりとしな

かったことのひとつひとつがつながったと思ったとき、下腹にいつもの痛みが走った。再び不安に駆られたボクは、

「で、ここのところ体調が悪いのはこのことに関係あるんでしょうか……」

と、おそるおそる聞いてみた。再び瞑目した霊能者は、目を開けると、

「低級霊がネガティブな働きかけをするから身体にもネガティブな影響が出るのです」

と言う。低い階層からの働きかけは身体にネガティブな影響を及ぼすから、痛みや疾患のような症状として現れる、ということらしい。そして、

「もうあの店には行かないほうがよいと思います」

とも言った。

実際、自分の妄執にしがみつくあの連中はこちらの迷惑には頓着ない。結果、あちこちの病院を右往左往させられたボクは、

〝迷惑な話だ……〟

と憤り、憤懣やるかたない想いでアストラル界を彷徨う低級霊たちの姿を想った。我欲と執着に囚われ、妄執に憑かれ、その衝動の赴くままパラサイトのように可視世界を彷徨うものたちの姿は哀れで、でも、この世の何かに似ていると思った。

金と物欲に汲々とし、地位や名誉に汲々とし、人への執着に汲々とし、妄執に憑かれたように生きるものたちの姿が脳裏に浮かび、この世とあの世の境を徘徊する魑魅魍魎の姿に重なる。

ボクはふと、

〝こちら側もあちら側もあまり変わらない〟

と思った。

※

その日は長く話をしたような気がする。すっかり打ち解けた霊能者は、

「若いころだったらその店に乗り込んで片っ端から上げてしまうんですけどね……」

と、勢いのいいことを言って言葉を切り、しかし、少し投げやりな口調で、

「ただ、あの手の霊体は上げても上げても入ってくるからきりがないんだけど……」

と言い、そのあとはムニャムニャと語尾を濁した。

ボクは頬杖をついたまま、

〝だいたい向こうはこちらが見えるのに、こちらは向こうが見えないというのもずいぶん不公平な話だ……〟

などと考えていた。

了

阿部新さんの神さま

ずいぶん昔のことなので、出来事のひとつひとつがおぼろげな記憶の彼方に霞んではっきりと思い出すことが出来ない。いまとなると、あの頃のすべてが夢の中の出来事のようにあやふやで頼りないのだ。

当時、研究者だったボクに降って湧いたような話が飛び込んできたのは、ある年の暮れのことだった。それは、東北のある投資家グループからの話で、当時ボクが考案した水技術を水質浄化の市場に展開してニュービジネスとして成立させようというものだった。

ある種の有機化合物を水底の貧酸素域に埋設し、水系の微生物代謝を促して水質汚濁物質を除去するというその手法は、当時注目されつつあった環境ビジネスの奔りとして革新的な結果をもたらす可能性が高かった。

この技術に着目したのは仙台近郊で養殖魚飼育の飼料と養殖魚を取り扱う中堅の卸売業者のグループで、話の仲立ちをしてくれたのが仙台在住で長年の研究仲間でもあり、ボクの研究の良き理解者でもあった伊藤君だった。

技術はまだ新しく、フィールドでの実績も乏しかったが、既に研究室レベルの検証は終わり、長期間にわたる水槽実験でその有効性も立証されている段階だったから、何らかの形でフィールドに展開する時期ではあった。ただ、突然の話だったことと相手の顔がよく見えなかったこともあって迷ったが、結局引き受けた。中身の乏しい財布の内側から世界を覗くと、協力者の獲得と事業化の話はやはり魅力だったのだ。

彼らからは、まず、グループのメンバーに技術の概要を説明してほしいとの要請があり、東京から仙台までの新幹線の往復グリーン乗車券が送られてきた。送られてきた特急乗車券は二枚で、今回は顔合わせと親睦と技術の概要説明を兼ねた集まりなので家内ともども泊まりがけで来てほしいという丁重な文面が添えてあった。

日にちが迫っていた。ボクは大慌てで講演資料を整えると、クローゼットから厚手のロングコートを取り出し、ほとんど観光旅行気分の家内を伴って仙台に向かった。開通当時の東北新幹線は上野駅が始発だったから、当日は電車を乗り継いで上野まで行き、上野から仙台行きの新幹線に乗った。普段、あまり遠出をすることのない家内は、当時開通したばかりの東北新幹線のグリーン車に乗って上機嫌だった。

その日は寒い日で、上野駅を出ると窓の外を雪が舞い始めた。ボクたち夫婦が湘南に越してもう長い。海沿いのその地方は比較的温暖で雪はほとんど見ない。温暖化の影響か、特にここ数年は雪が積もる光景など見ることがなかったから、車窓から見る白い氷の結晶はとてもきれいで、ごく普通の田園風景が、白く、音のない世界に変わっていくその様子は何処か神秘的にさえ思えた。

　上野を出て、大宮から宇都宮を過ぎるころにはまだ疎らだった雪景色は、那須高原を過ぎるころにはだんだんと厚く広くなり、その白い光景が広がるにつれて列車が北に向かっているのがわかった。そして、白い氷の結晶がすっぽりと大地を覆うころ列車は仙台に着いた。

※

　駅では今回声を掛けてくれた阿部さん夫婦と話の仲立ちをしてくれた伊藤君が待っていた。銀鮭の養殖を手掛ける阿部さんは養殖飼料の卸も営んでいる。会社の商号が有限会社阿部新ということで皆からは阿部新さんと呼ばれているらしい。

　阿部新さんは大柄な厳つい感じの人で歳のころは六十から七十歳くらい。言うことも態度も大ぶりで、どちらかというとガサツな感じだが、親分肌の豪放磊落（らいらく）な印象の人だった。奥さんは和服姿のきれいな人で、ご主人よりかなり若かった。ずいぶんと歳の離れた夫婦だと思った。

　ボクたちは短い自己紹介を終えると上の階の改札から外の駐車場に下りた。駐車場には阿部新さんのグループの人たちが何人か待っていた。ボクらは簡単な挨拶を交わし、自己紹介もそこそこに車に分乗した。伊藤君曰く、これから阿部新さんの希望でお山の湯治場に向かうのだという。

ボクたち夫婦は阿部新さんの車に同乗し、伊藤君はグループの人たちの車に同乗した。ハンドルを握る阿部新さんは行き先を詳しく告げずに走り出した。車はトヨタの大型乗用車で、暖房の効いた車内は暖かかった。

阿部新さんはよく喋った。ご自身は以前、当時養殖市場に全く認知されていなかった銀鮭の養殖をひとつの産業として立ち上げたパイオニアの一人であるらしく、ご本人もそのことにいたくプライドを持っている様子であったが、その銀鮭の養殖だか取引だかに失敗して大穴をあけたとかで今は莫大な借金を抱えているらしい。

ご本人曰く、今の経済的な窮地を脱するために、そして、日本の養殖産業の未来に新天地を切り開くべく、といった感じで新技術への取り組みへの思いを熱く語り、しかし、それは何かずいぶんと大げさな話しぶりで、当の開発者としては、正直、こそばゆくなるような思いではあった。

妙齢の奥さんはあまり喋らない、が、ボクは艶っぽい人だなと思った。ふとした時に見せる色気と妖艶な雰囲気がその隠れた経歴を漂わせる。そして、彼女の醸し出すそんな雰囲気が破天荒な放蕩の末に結ばれた阿部新さんと歳の離れた奥さんの男と女の関係を想わせた。

車は仙台の市街を抜けて北に向かっている様子だったが、慣れない土地で、ボクにはどこをどう走っているのか見当がつかない。仙台まで来て、何故、いきなりお山の湯治場に向かうことになったのかもよく呑み込めていなかったのだ。

阿部新さんは饒舌ではあったが、その話にはどうもまとまりがない。あっちに飛びこっちに飛びする彼の話をまとめると、要は、その湯治場には〝神さま〟と呼ばれる有名なイタコがいるらしい。何でも、その〝神さま〟のお告げはよく当たるということで、ずいぶん遠くから見てもらいに来る人も多いという。

阿部新さんは、その〝神さま〟なるもののお告げが如何に当たるものかをしきりと力説し、ご自身も今まで何回も事の吉凶を占ってもらっているのだという。どうやら、今回の仕事の手始めに、まずはこの取り組みの吉凶を占ってもらおうということらしいのだが……。

どちらかというと、その手の話をあまり信用しないほうの人種に属するボクは少々呆れ、仮に、その〝神さま〟とやらのお告げがよく当たるとしても、阿部新さんが何度も事の吉凶を占ってもらっているなら何で大きな借財を抱えるような経済的窮地に陥るのかと不思議になった。

そうこうしているうちに車は曲がりくねった山道に入った。対向車の影もない山道をしばらく行くと山あいの谷間に湯けむりが上がるのが見え、その湯けむりを目当てにしばらく走ると、突然、隠れ湯のような湯治場が目の前に現れた。

車は湯治場の脇を流れる渓流にかかる橋を渡って湯けむりの中に入った。見たところ、その湯治場は三〜四軒の古い湯治温泉宿と数軒の民家が集まった小さな集落で、通りに人影はない。集落は静まり返っていて、道路わきの側溝を流れる湯の排水が白い湯けむりを上げている。集落全体が温泉の湯熱に温められているように暖かく、道路にも雪は無い。

奇妙なだまし絵のように入り組んだ道を勝手知った様子で走り抜けた阿部新さんは、その集落の中でもひときわ大きな湯治宿の玄関前に車を止めた。〝神さま〟との約束の時間にはまだ間があるらしく、部屋も空いてるようだったので取りあえず休息しようということになり、ボクらは一旦その宿に腰を落ち着けた。

宿はボクらの知っている温泉地の湯宿とはずいぶんと趣が違っていた。建物は大きく、よく手入れされ、掃除も行き届いているように見えたが、軒の傾いた古い造りで、帳場には無口で愛想のない年配の女性がひとり番をしている。阿部新さんはボクら全員の休憩を頼み、部屋の代金と入浴代をまとめて払った。

宿は盛況だった。客は治療目的で長逗留の湯治客ばかりのようで、皆、大部屋にごろ寝をしながら日に何度も湯治湯に入ったり出たりを繰り返している。そこは、何となく浮世離れしていて、ゆったりと時が流れ、忙しい日常から迷い込んだものにとっては身の置きどころのないようなところではあったが、何となく懐かしい匂いがした。

一旦宿に落ち着くと阿部新さん夫婦はその〝神さま〟とやらに事前の挨拶に出かけ、その間、宿に残ったボクらは温泉に浸かろうという話になった。備え付けの浴衣に着替え、皆で浴場に向かった。冷たい隙間風が吹き込む脱衣所の硝子戸には黒いマジックペンで〝何分入浴して、何分休んで、日に何回入って〟と書いた張り紙が貼ってある。

建てつけの悪いその硝子戸をガラガラとこじ開け、脱いだ浴衣を棚に並ぶ籠に入れて外に出ると突然視界がひらけた。宿の脇の深い渓谷を流れる渓流を見おろせるところには大小の露天風呂が並んでいる。露天風呂は男女混浴で、すぐ目の前の岩風呂には裸のおばちゃんたちが何人か湯に浸かっていた。一瞬ドギマギしたが、皆、それがあたりまえのような顔をしているのですぐに慣れた。

少し遅れて家内が入ってきて同じ岩風呂に入った。一瞬、伊藤君や阿部新さんの仲間たちの視線が気になったが家内は平気な顔をしている。そのうち、ここでは男も女も裸でいるのがあたりまえといった気分になり、そう思うと気にならなくなった。

湯の温度が高いので長い時間は入っていられない。あたりさわりのない話をしながら湯に浸かり、のぼせる前に湯から出た。洗い場で身体を流して浴衣を羽織り、脱衣所を出て大部屋の片隅に横になった。熱い湯に芯まで温まった身体を冷ましていると阿部新さん夫婦が帰ってきて、〝神さま〟の用意が出来たようなのでそろそろ行きましょうと言う。

ボクらの一行は人数が多いので〝神さま〟のお告げは阿部新さん夫婦とボクたち夫婦だけが聞くことになっているということらしく、他の人たちは宿に残り、ボクたち四人は〝神さま〟の家に向かった。

〝神さま〟の家は宿から歩いてすぐのところにあった。比較的新しい、小ざっぱりとした普通の家で、家の周りは殺風景なほど整頓されている。家の中は何の変哲もない普通の間取りで、きれいに掃き清められた玄関を入って家に上がると十畳あまりの畳部屋になっている。ボクらはそこで少し待たされ、しかし、すぐに呼ばれて奥の間に通された。

　奥の間は南側に面した明るい部屋で、壁には小さな神棚と供物が置かれていたように思うが、それはあまり大袈裟なものではなく、神事を生業としているにしてはむしろささやかな供えに思えた。

※

　評判の〝神さま〟は小太りの女性で、一見、ごく普通のおばちゃんだった。座敷に入ると、上座に座る〝神さま〟の視線がボクらに向けられるのがわかった。一瞬、座敷の隅にかしこまっている阿部新さん夫婦の緊張が伝わり、阿部新さんたちの緊張が伝わるとボクたちも緊張した。

　〝神さま〟の視線がボクに向けられた。目が合うと、ふと、何か温かいものが胸の奥に広がるのがわかった。ただ、それは夢の中の出来事のように希薄で、現実の出来事とは何処か遠いもののように思えたから、心の隅をすっと過ってすっと消え、その淡い感触だけが心の片隅に残った。

　そうこうしているうちに一通りの挨拶が終わり、やがて、阿部新さん夫婦は立ち上がると次の間に出て襖を閉め、部屋にはボクたち夫婦だけが残された。どうやら、ひとりひとりがこの

〝神さま〟にお伺いをたてる、ということらしいのだが、突然残されたボクは困った。いくら考えてももっともらしいお伺いが浮かんでこないのだ。

そもそもボクはこの〝神さま〟なるものを全く信用していないわけで、まず、それが顔に出ていないか心配だった。それから、それをどう装ってもこのおばちゃんが何か超能力のようなもので人の心を読めるとしたらバレバレではないか、と、また不安になった。

だいたい、この〝神さま〟なるものに自分がお伺いをたてるなどという話は初めから聞いていない話で、万事、阿部新さんが適当に話を進めてくれるものとばかり思っていたわけだから、いきなり〝神さま〟の目の前に引きずり出されて聞きたくもないお伺いを強要されるなどという展開には大いに当惑していたのだ。

ここまで来たら、しかし、逃げるわけにもいかない。考えあぐねたあげく、結局、その頃特に悩まされていた蕁麻疹かアレルギー皮膚炎のような症状について尋ねた。実際、これには少々困っていたのだ。

まず、突然痒くなる。痒いから掻く、掻くと痕が残る。また痒くなる。次はその痕の上から掻くから痕はだんだんひどくなる。そんなこんなでとにかく始末が悪かった。しかし、原因がわからない。

〝神さま〟は、その地方特有の訛りで、

「悪い霊が憑いている……」

と言った。しかも、

「その霊は二つだ……」

と言うのだ。

そうしたものの捉え方に慣れていなかったボクは一瞬思考停止に陥った。つまり、このおばちゃんの言うことを信じる信じないのレベルではなくて、この手の説明にどう反応したらよいのかがわからなかったのだ。〝神さま〟は、

「あんたは頼りがいのある人だから……」

と言う。ボクはそんな〝神さま〟の言葉に頷くでもなく頷かないでもなく、どっちつかずの状態でボーッと聞いていた。

〝神さま〟は、そんな状態のボクに見切りをつけたように視線を外すと、今度は脇に座る家内に向かって念を押すように、

「この人は頼りがいのある人だから頼られる。だから霊が憑きやすい。この二つの霊には何処か高い空の上を飛んでいるときに憑かれた」

というようなことを言った。自分のことながら今や他人事のように聞いていたボクは、ふと、

〝そう言えば……〟

と思った。

当時、水研究を生業としていたボクは、その活動の提携先や資材の調達先であるドイツやオ

ランダに飛ぶことが多かった。短い期間に何度も行ったり、何カ月も行かなかったりだが、年間でならすと三〜四カ月に一度は海外に飛んでいることになる。

ごく最近も二度ほどヨーロッパに飛んでいて、そのどちらかのフライトの最中か、その直後にひどい蕁麻疹が出たのを憶えている。確か、それが最初の自覚症状だったから、日本とヨーロッパ往復のフライトの間に何か良からぬものに憑依されたと考えると時系列的には頷けた。

しかし、当時のボクの思考回路には〝神さま〟もなければ〝お告げ〟もない。ましてや、霊が憑くなどという非科学的発想は化学を生業とする唯物論者には理解の及ばないものだったから、そんな〝神さま〟の説明に頷くでもなく頷かないでもなく、やはり、どっちつかずの状態でボーッとしていた。

やがて、そんな様子のボクに話をしてもらちがあかないと悟った様子の〝神さま〟は、隣に座る家内に向かって、

「龍神様にお願いするとよい」

と言い、

「お団子を九つ作り、次の日曜日の十二時ちょうどに海の見える高台の木の枝に刺して祝詞を唱え、二拝二拍して……」

と、細かく説明を始めた。そして、

「日曜日のその時刻には私もここからお参りしますから」

とも言った。

そのあたりになると、何となく、良からぬ霊に取り憑かれているような気分になり始めていたボクにとっても、遠方からとはいえ、その時刻に〝神さま〟が祈ってくれるというのはとても心強かった。

その後〝神さま〟は龍神様に向かって唱える祝詞のような言葉を家内に教えていたが、一見、ボクには何の意味もない言葉に思えたので憶えていない。それは、何かとても大仰で、何も知らない他人に聞かれたら気恥ずかしいような言葉だったことを憶えている。確か、その言葉を三回繰り返すように言われたが、何れにしても、その当の本人は、結局、最初から最後まで半信半疑のまま心の中で首をかしげていたのだ。

次は家内の番だった。お告げの対象はボクから家内に移り、ボクはホッとしてそのまま傍観者になった。家内は特にこれといったお伺いをたてなかったように思う。何かを祈願したような憶えもない。もしかしたら、

「今後のことは……」

とか、

「将来は……」

といったお伺いをたてたのかもしれないが、それもはっきりとは憶えていない。役の出来不出来はともかく、出番を終えたばかりのボクには、家内と〝神さま〟のやりとりにはもうほと

んど関心がなかったのだ。
〝神さま〟は、今まで家内とボクと半々だった視線を家内だけに据えると、
「あなたの旦那さんは頼りがいのある人だよ、好いて一緒になったのだから決して別れような
どとは思わないように……」
と言った。それはまるで家内の心のうちを読んだかのような言い方だったが、当の本人の前
で言われるのは、どうにも、こそばゆい。それに、もうかれこれ二十年近く一緒にいる家内と
別れる理由も思いつかない。実際、まるで現実感のない話に思えたから、ボクはただ他人事の
ようにそれを聞き、ずいぶんと唐突な話だとだけ思った。
しかし、〝神さま〟は同じ話をまた繰り返し、特に、
「好いて一緒になったのだから……」
のセンテンスを何度も繰り返す。
その真摯に諭すような言い方に反応した家内が照れたような苦笑いを浮かべると、〝神さ
ま〟は、
「決して別れようなどとは思わないように」
とまた繰り返した。最後は叱るような口調になっている。
照れたような薄笑いを浮かべる家内の表情に何処か斜に構えた皮肉な笑みが雑(ま)じるのがわか
り、ボクはそのシニカルな笑みにふっと嫌なものを感じた。

※

ボクたちのお告げが終わると次は阿部新さん夫婦の番になった。ボクたち夫婦が席を外すと玄関側の和室で待っていた阿部新さん夫婦が奥の部屋に入り、今度はボクたち夫婦が和室で待つことになった。

阿部新さんのお伺いはボクと共同で進めようとする今回の仕事についてという話だった。他にもあったのかもしれないが同席していなかったのでわからない。お告げは、

〝迷わず今度の仕事に取り組みなさい。くれぐれも途中で放り出さずに続けなければいけないよ〟

といった内容のものだったという。真偽のほどはわからないが、あの阿部新さんが素直に、うれしそうに話すのでそのまま信じることにした。

〝神さま〟は神妙に耳を傾ける阿部新さんに、

〝今度の仕事は途中で放り出さずに続けなければいけないよ〟

と、何度も繰り返したという。

それは、いまひとつ腰の定まらない阿部新さんへの忠告としてはわかるが、そこまでくどくど言われる阿部新さんも余程〝神さま〟に信用がないのだろうと思い、しかし、あまりくどく言われるのもこの仕事は続かないという意味なのかと思うとあまりよい気分はしなかった。

ただ、阿部新さんは無邪気に喜び、そのお告げを何度も口にする。それは同行していた阿部新さんの仲間たちを大いに勇気づけた様子で、皆、幸先が良いと喜び、新事業の成功は間違いなしと喜んでいる。ボクは彼らの非科学的な思考回路に少々呆れた。

※

ボクらはその日、近くの温泉ホテルに移動し、そこに一泊して翌朝の研修会に臨んだ。参加者は阿部新さんとそのグループの人たち数人で、いつの間にか今回の取り組みに取り込まれた形になった伊藤君も同席していた。ボクは講師役を務め、午前中は簡単な技術説明、午後は質疑応答の形で一日を費やした。

図体がでかく、子供がそのまま大きくなったようなところのある阿部新さんは何処か憎めない人ではあったが、怜悧なビジネスマンや、理念で仕事に取り組む事業家からはほど遠い、どちらかというと目先の欲得に釣られる相場師的なタイプの人で、何か、他に儲け話があれば簡単になびいてしまうような危うさがあった。

親分肌であったからか、その大雑把な性格が人に安心感を与えるのか、阿部新さんは多くの仲間に囲まれていたが、彼を巡る人々はそのほとんどが欲得でつながっているといった印象で、楽に稼げるなら何でもありといった気質が見え隠れする。ただ、どの人たちも無類に人が良かった。つまり、彼らは信頼には値しないが人としては好感が持てるといったややこしい人たちだったのだ。

講師役のボクから見ると、普段、あまり複雑な思考に慣れていない彼らは、難しい水理論や複雑な研究データの内容はほとんど理解不能のようだった。が、実際の効用、売れ筋、セールスポイントなど、つまり、金や利益につながる嗅覚は妙に鋭かったから、そのあたりの要点を掴むのは早かった。

何れにしても、この奇妙な旅は初めての顔合わせにしてはまずまずの結果に終わり、親睦と一日の研修を終えたボクらはその日の午後遅く仙台を発った。仙台駅には阿部新さん夫婦とその仲間たち、そして、伊藤君の全員が見送りに来てくれた。兎にも角にも〝神さま〟のお告げで吉と出たボクらのプロジェクトは無事滑り出すことになったのだ。

※

その週の日曜日、家内は台所の流しでゴソゴソやっている。珍しく朝から何かを作っている気配だ。不思議に思って流しの中を覗くと、そこには、何か、米粉を湯で練り固めた団子のようなものが幾つか並んでいる。そういえば、今日はお告げの日だったと思い当たり、些か頼りない記憶の糸を辿りながら、

〝確か、昼の十二時に海の見える丘に供え物をして龍神様に祈願するという話だったが〟と、その朧げな記憶をまた反芻し、そして、目の前の団子に目をやった。

普段、こうしたことには全くずぼらなはずの家内がこうして律儀に供え物などを作っているのも意外で、もしかしたらこの祈祷には何か効果があるのかもといった淡い期待が心のどこかを過った。

〝神さま〟に会った後も原因不明の蕁麻疹には悩まされている。突然発症する、発症すると痒い、痒いから掻く、掻くから痕が残る。その痕の上からまた掻くの繰り返しはまだ続いていたのだ。

やがて、家内は作ったばかりのお供え物をラップに包んで紙袋に入れると、あの〝神さま〟に教えてもらった祝詞を口の中で反芻し、車で三十分ほどのところにある稲村ガ崎に行くと言って家を出た。

ボクはどこか半信半疑のまま頷いて家内を見送り、どこか半信半疑のまま休日の朝の日課に戻った。そして、何の変哲もないいつも通りの日曜日が始まった。と、突然脇腹のあたりが痒くなった。

ものすごく痒い、痒みの条件反射で皮膚に爪を立てた。我慢できないほどの痒みが腹と背中と下半身に広がった。下着をまくると赤い発疹が身体中に広がっている。壁の時計を見ると丁度昼の十二時になっている。

ひどい痒みにたまらず掻いた。掻くと皮膚が赤く腫れてなおさら痒い。が、それでも掻かずにいられない。そのうち、ふっと痒みが遠のいた。見ると身体中の発疹が跡形もなく消えている。痒みは不思議なほどピタッとおさまった。時計を見上げると十二時を十分ほど過ぎている。何故か、稲村ガ崎の祈祷が今終わったのだということがわかった。

ふと〝神さま〟の姿が目に浮かび、何か、温かいものが胸の奥を過った。約束通り〝神さま〟が祈ってくれていたこともわかった。ひどく不思議な気分で、

〝これは、どう考えても説明がつかない〟

と思い、しかし、それきり発疹は出なくなった。

※

阿部新さんとの取り組みは順調だった。二度目の技術研修会はやはり一晩泊まりで行ったが、その直後から引き合いが殺到し、ごく短期間で幾つかのプロジェクトが実験的に立ち上がった。どれも規模や対象や目的は様々だったから、ボクは案件ごとのシステム設計に追われた。

一旦動き始めると阿部新さんグループの販売力は確かに凄かった。ボクは急に忙しくなり、たて続けに舞い込む引き合いへの対応に振り回された。が、しばらくして阿部新さんからの連絡は途絶えた。

我々の関係に何か問題があったとは思えない。言い争いや喧嘩をしたわけでもない。阿部新さんとは友好的で良い関係が続いていたはずだったが、何故か、ある日突然パタリと連絡がなくなってそれきりになった。

どちらかというとブローカータイプの人だったから技術系の仕事に地道に取り組むのは向いていなかったのかもしれない。儲け話に弱い人だったから他に良い話が降って湧いたのかもしれない。敵も味方も多い人だったから何か予期せぬトラブルに巻き込まれたのかもしれない。それとも他に事情があったのかもしれないが、結局、理由はわからずじまいで終わった。

引き合いは立ち消えとなり、進行していたプロジェクトもうやむやになったが、ボクはそれを不思議ともあまり残念とも思わず、

〝今度の仕事は途中で放り出さずに続けなければいけないよ〟

と、何度も繰り返していた〝神さま〟の言葉を思い出していた。あの時はくどいと思ったが、結局はやはり〝神さま〟の言う通りになったと思い、阿部新さんとの取り組みはそれで終わった。

家内とはそれから半年ほどで別れた。些細な行き違いから別れ話になり、何か、決まった方向に流れ始めると後戻りできないという感じで物事が流れ、感情が一方通行路に入るとものごともそれに合わせて動いた。結局、調停になり、そして裁判になり、やがて、馬鹿馬鹿しくなったボクは乏しい財産のほとんどを残して家を出た。

騒動が終わると世界が変わって見えた。実際、世界の変わり方はいつも唐突で目まぐるしい。

ボクは、やはり〝神さま〟の言う通りになったとまた思い、
〝物事はなるようになるだけのことなのかもしれない〟
と、そう思うと何故か気が楽になった。

※

あの阿部新さんが入院したこと、闘病の末亡くなったことを風のうわさに聞いたのはそれから何年か経ってからのことだった。結局、あの当時連絡が途絶えたわけはわからずじまいで終わった。

その後、伊藤君に会う機会があった。昔話になり、阿部新さんの話になり、神さまの話になり、一通りの昔話が尽きると会話は途切れた。ボクらは無口になり、話の接ぎ穂を無くしたボクは、あの湯治場の場所を憶えているかと聞いた。しばらく考えていた伊藤君は、記憶が曖昧でよく憶えていないと答える。

あれから何年経つのだろう、と、ふと考えた。もうずいぶんと昔のことのように思える。おぼろげな記憶の糸を辿るうちに、あれが夢だったのか現実だったのかがわからなくなった。

あの時の、あの隠れ湯はあの場所にまだあるのだろうか。

了

七夕の町

髪を切ろうと思って家を出た。いつも行く美容室は車で三十分ほど走った町の海側にある。一号線が混んでいるので海岸通りに迂回したがやはり混んでいる。平日の昼間にしては車が多い。妙だと思いながらしばらく走ると、左側の路肩に無造作に立てかけてある布製の標識が目に入った。渋滞でもしていないと見落としそうな臨時の道路標識には、

〝七月四日〜七日まで、七夕祭りのため市内への車の乗り入れはご遠慮ください〟

とある。

そういえば今日は七夕だった。この時期、このあたりは電車も道路もひどく混むのだ。繁華街のある駅の山側は七夕の飾り付けと大量の人出に溢れて車は入れない。ふと、目的の美容室までたどり着けるのかどうか不安になった。

※

湘南の西の外れにあるこの町に越して十年になる。一昔前、このあたりは地方の一漁村だっ

たらしく、今でもその面影は濃い。近頃でこそ海沿いに気の利いたレストランや湘南という土地柄を意識したおしゃれな店を見るようになったが、ここに越してきた頃は何もないところだと思った。

海沿いの町を縦断する鉄道の線路を挟んだ山側は、東京や横浜など首都圏のベッドタウンとなっている。とはいっても東京や横浜から至便な位置にあるわけではなく、都市人口の増加に押され押されてどこまでも伸びる都市圏にのみ込まれた集落が、その西の外れで辛うじて首都圏であることを主張しているといった感じなのだが、取りあえずは都内から概ね一時間半という距離感からいってこのあたりが首都圏と言える西の端だろうとは思う。

ボクの家は海岸からゆるやかに登る丘陵の中腹に建っている。そこから少し登って丘陵の高みに至ると突然視界が開け、眼下には相模湾が一望に広がる。空気の澄んだ日には伊豆半島が遠く霞み、手前には真鶴半島の濃い緑の稜線が右に伸びて箱根連山と丹沢山系に連なり、その背景には日ごとその表情を変える富士の裾野が緩やかに広がっている。そして、ここから車で三十分ほど東京方面に走ると七夕祭りでは全国でも有名な地方都市がある。

毎年七月の初めころになると、駅前の商店街には細い竹の枝に色鮮やかな短冊や紙飾りを括りつけた七夕特有の飾り付けが目立つようになり、七月七日の七夕を挟んだ数日間、これといって他に特色も特産もないこの小さな町は七夕一色になる。

ここに越してきた一年目は物珍しさもあって見に行った。祭りの期間中、町の人口密度はラッシュ時の都心並みに跳ね上がる。当日は車も入れないというので電車で行くことにした。

通勤時間を外れた時間帯の、それも上りの電車なので本来なら車両はガラガラのはずだが、その日はひどく混んでいた。客のほとんどは七夕祭り目当ての若者たちで、今風の色鮮やかな浴衣を着て派手なハナオの下駄を履いた女の子たちが多い。座りたかったが座席が空いていないので吊革に掴まって電車に揺られた。

途中の一駅を過ぎて七夕の町に着いた。駅の構内は電車内よりも混んでいる。人の波に押されて改札口にたどり着くまでかなりの時間がかかった。押し合いへし合いしながら改札を出ると駅の係員が拡声器を持って、

「お帰りは混み合うので帰りの乗車券は前もってお買い求めください」

と声を張り上げている。

〝なるほど、今の時間でこの混みかたなのだから帰りの人混みの中で切符を買うのは大変だろう〟

と思って券売機の列の後ろに並び、ずいぶん時間をかけて帰りの切符を買った。

駅を出てからも相変わらずの人混みで、前の人の足を踏み、後ろの人に足を踏まれながら駅前商店街の目抜き通りまで歩いた。とにかく、人、人、人の波で寸分の隙もない。人波は駅前の大通りを駅側から西に向かって流れている。ほとんど動いているふうに思えないが、人の波に揉まれているとゆっくりとではあるが動いているのがわかる。

この人波がどこに向かっているのかはよくわからないが、この群衆の流れる方向がこの盛大な祭りの順路になっているらしい。一旦その中に紛れ込んでしまうと勝手な方向に歩くわけにいかず、流れに逆らって帰るわけにもいかず、開き直って人の流れに身を任せるしかないのだ。人波が止まればボクも止まり、人波が動けばボクも動き、結局、人の動く方向に動く。前を見ても後ろを見ても右を見ても左を見ても人しかいないので、前の人の背中を見ながらその歩む速度に合わせて足を動かし、上を見上げ、頭の上の七夕飾りのアイデアと美しさと精巧な作りに、

〝さすが……〃

と舌を巻き、前後左右の人たちと同じリアクションで、

〝凄い……〃

とか、

〝きれいだ……〃

とか感心していると何故か自分も社会参加している気分になる。

見上げる人々の頭の上には竹で組んだ格子に大小の七夕飾りが飾り付けてあって、そのひとつひとつはなかなか良くできている。どれも贅を凝らした造りになっていて、それなりに金もかかっているように見える。

それぞれの店が奮発して出す飾り付けは毎年その優劣が評価されるシステムになっているら

しく、商店街の店々は自分が出した七夕飾りの美しさと豪華さとアイデアの奇抜さでその優劣を競い合っている。特に毎年金賞を取っているらしい〝何とかカバン店〟の七夕飾りは流石に豪華で金もかかっている。

〝造りが精巧で出来栄えも見事だ……〟

と、そんなことを思いながら人波に流されていると、通りの左側にその〝何とかカバン店〟があった。

店は大通りと路地が交わる角地に建つ古ぼけた看板の小さな構えで、入り口には値引き札のついた地味なショルダーバッグが幾つか下がり、店頭のラックには安物のカバンが夜店のバッタ売りのように積み上げられている。見てしまうと、

〝な～んだ〟

という感じになった。

どうも、頭上の絢爛豪華な七夕飾りとあの地味で風采の上がらない店のイメージがうまく結びつかないのだが、多分、この店の店主は商売よりも七夕飾りで金賞を取ることの方に生きがいを感じているに違いないと思い直した。それはそれで大変な情熱だと感心し、しかし、この冴えない店の売上げからこれだけの飾りを準備する費用を捻出するのは大変だろう、などとつまらないことを心配しながら店の前を通り過ぎた。

ひとつひとつ見ていくと、それぞれの飾りがそれぞれ豪華できれいだからそれなりに楽しめ

るのだが、それも最初のうちだけで、駅前大通りを概ね行き過ぎるころにはどの飾り付けも大体似たり寄ったりという感じになってくる。

それに、毎年入賞している店々の七夕飾りは駅前大通りを入ってすぐのあたりに集中しているから、通りを半ば過ぎたあたりになるとその飾り付けもだんだん質が落ちてくる。

何しろ竹と紙だけの飾り付けだからそう奇抜なものは作れない。どう工夫しても概ね同じようなものが手を変え品を変えて並んでいるわけだから、数見ているうちに飽きてくる。といって、人の流れに歩調を合わせなければならないから早足で通り過ぎるわけにもいかない。

とにかく人が多いのだ。長い時間人波に揉まれ、顎を上げて上ばかり見ていると首が疲れる。どこまで行っても同じような飾り付けにうんざりして、そのうち見上げるのも億劫になり、ただひたすら前の人の背中を見ながら、

〝早く終わってくれればいい……〟

と願うようになり、歩くのにもくたびれてくると、

〝なんでこんなところに来てしまったのか〟

とだんだんネガティブな気分になる。こうなると、実際、何のために来たのかわからない。

そんなこんなしているうちに駅前大通りを通り過ぎた。そのあたりになるとすし詰め状態だった行列も緩んで、取りあえず周りの人とぶつからない程度には歩けるようになり、やがて早足で歩けるようになった。が、人が疎らになるにつれて派手な飾りものも疎らになる。いい

加減うんざりと思っていたはずの七夕飾りも急に少なくなると何となく寂しい。実際、

〝これで終わりか……〟

と思うと妙にあっけなく、何か騙されたような気分になり、結局は食傷気味だったはずの七夕飾りが少しでも目立つ通りを選んで歩いた。

祭りの期間、駅から商店街にかけた界隈は臨時の歩行者天国と化し、道路わきには露天の屋台が立ち並ぶ。一見賑やかだが、人出に合わせた休憩施設もゴミ箱もないから、あらゆるところがゴミの無法地帯と化し、見物客はその歩道わきにあたりかまわずゴミを捨てていく。

一旦、ゴミが積もると皆そこにゴミを捨てるから、道路に面した空き地や、雑居ビルと雑居ビルの間などは格好のゴミ捨て場と化し、道路にまでゴミがあふれて収拾のつかない状態になっている。

結局、その日は二時間ほどかけて駅の東口から西口まで歩いた。西口の乗車券売機は空いていて、ボクはまた騙されたような気分になった。何故かすごく疲れて、楽しいという感じはなかった。

※

翌年は少し迷った。あまり気は進まなかったが、何か、ここに住んでいるなら行くのがあた

りまえといった妙な義務感に駆られて行った、が、電車を降りた瞬間に後悔した。

駅の改札を出たら息が出来ないほどの人混みで、駅前大通りに入ったところからもう先にも進めず後にも戻れない、となると去年の記憶が甦り、内心舌打ちしたが引き返すわけにもいかない。結局、その日も派手なライトアップに煌々と照らしだされた七夕飾りを見上げながら人混みの中を歩いた。

例の〝何とかカバン店〟は去年も金賞をとったらしい。今年もその飾りは豪華だ。流石と思い、毎年これだけの準備をするにはその年の七夕が終わったらすぐに次の年の準備に入るのだろうなどと、どうでもいいことを考えながら、この店の去年の出展がどんなものだったか思い出そうとしたが思い出せない。通り過ぎてから今年の飾りを思い出そうとしたが、それも思い出せない。

そんなこんなでこの日も去年と同じコースをたどり、駅の東口から西口まで歩いた。大通りを過ぎたあたりからゴミの山が目に付いた。祭りの中日なので町中ゴミの山といった感じになっている。

町のゴミ環境は祭りの始まる初日や二日目はまだ良いが、それが三日目、四日目になると極端に悪くなり、雨でも降ると悪臭が漂いはじめるといった具合で、実際、この七夕祭りは肝心の地元住民にはすこぶる評判が悪い。

結局、その日は駅界隈で人波に揉まれただけで終わった。帰りがけ西口近くの路上屋台でたこ焼きを食べた。食べた残骸は捨てるところがないので、一体これは誰が片付けるんだろうと思いながら道路わきに山積みになっているゴミの上に捨てて帰った。帰ってから腹を壊した。

二年目の七夕で思い出すのはそんなことばかりで印象が薄い。三年目からは行かなくなった。

※

〝あれからもう十年になる〟
と、運転しながらボーッと思った。混んでいた海岸通りを過ぎて市内に入ると海に面した駅の南側は思いのほか空いていて、これといった交通規制や混雑もない。どうやら、祭りで混み合うのは線路を挟んだ山側の駅前商店街だけらしく、車は意外とスムースに走り、美容室には予定通りの時間に着いた。
店では客もスタッフも祭りにはあまり関心がない様子で、ほとんど話題に出なかった。この町の住民は祭りに意外と冷淡なのだ。わからないでもない。全国的に有名だろうが、祭り客で地元の商店街が潤おうが、直接恩恵を被ることのない街の住民にしてみれば、毎年毎年変わりばえのしない、それも、見ず知らずのよそ者が街を占拠してゴミの山を残していくだけの厄介な催しに過ぎないのだから、
ボクはいつも通りに髪を切り、洗髪を終え、さっぱりとした気分で店を出ると店の前の狭い

一方通行路を海の方向に向かった。そして、ふと道を間違えた。

午後の遅い時間なので車が多い。道も狭いので後続車があると停車しづらく、対向車があるとUターンもしづらい。結局、来た道とは逆の方向に走った。左回りで元の道に戻ろうとして左折した。次に左折する道を探しながら走るうちに踏み切りに突き当たり、遮断機が開いていたのでそのまま渡った。

そのあたりからわけがわからなくなり、結局、元の道に戻ることを諦めた。まるで知らない街を走っているような気分になった。しばらく走り、一号線に突き当たったところで左に折れた。気がつくと東口の駅前商店街を大きく迂回して町の外側をグルッと半周していた。何か、狐に化かされたような気分になった。

一号線をそのまま西に走り、赤信号にあたって車を止めた。ふと左横を見ると細い路地がまっすぐに駅の方向に伸びている。その先には切り取られたような喧騒がある。そして、そこには竹と紙で出来た作り物の世界があった。そういえば今日は七夕だった、と、また思い当たった。

煌々と輝くイルミネーションに照らし出された色とりどりの紙飾りが下がり、その下を色鮮やかな浴衣や涼しげな夏の装いの人々がひしめきながらゆっくりと動いている。皆、不思議と同じ表情をしている。歩調をそろえ、行儀よく行進しているように見える。

何か、外側から世界を覗いたような気分になり、その光景がボクたちの世界にふと重なった。

何故かこの世界が奇妙に薄っぺらいものに見えてきた。

了

いとこのももか

こうして星を見上げていると、自分は何とちっぽけなんだろうと思う。細かいことなどどうでもいいことに思えてきて、つまらないことにクヨクヨするのはもうやめようとも思う。

ここはボクの一番好きな場所だ。よく晴れて、透き通るように空気が澄んで、満天の夜空に星が輝くこの季節も好きだ。夜になると毎晩のようにここへ来て、寝ころんで星を眺める。

夜空を照らすその遠い輝きを見ていると、散りばめられた宝石のようなそのひとつひとつが、ずっと昔の、何十億光年の昔の光なのだと思う。遠い遠い時空を超えて、今、この瞬間にボクのいる地球に到達したきらめきなのだ。

※

ボクはごく普通の高校生だと自分で思う。特別に優秀なわけでも、手におえないほどの落ちこぼれでもない。成績は中の上から中の下といったところを行ったり来たりで、特に目立つわけでもなく目立たないわけでもなく無難にやっている。友達はいない。

家族は父と母と姉とボク、ただ、何というか、父親と母親の仲は芳しくない。ここのところ特に良くなくて、毎晩のように言い争ってるし、同じ家の中で両親がことあるごとにいがみあう声を聞くのは気分がよくないから、最近は雲行きが怪しくなるとここに来る。

家は同じ敷地内に二棟建つ古いほうの家で、こちらの家にはボクと三人の家族、隣の家には叔父とその家族が住んでいる。二つの家から小さな庭を挟んだその道路側には軽量鉄骨とコンクリートで出来た古いガレージがあって、車が二台ほど置けるガレージの裏側には鉄製の非常階段が付いている。

ペンキが剝げ落ちて赤錆の浮いた手すりを伝って狭い階段を上ると、そこは十畳ほどのコンクリートの屋根、というか、屋上のような感じになっていて、その屋根の真ん中に大の字に寝ると夜空がよく見える。

ここはボクの隠れ家のような場所だ。誰がどう使うわけでもないからまず人は来ない。ネコ以外は……。

そう、このスペースはボクとこの辺りを縄張りにするネコたちとの共有の隠れ家になっていて、ここでボーッと星を見ていると何処からともなくネコが集まる。

常連は四〜五匹、名前はない。とはいっても呼ぶのに困るので、チンとか、ポコとか、キンとか、タマとか呼んでいるうちそれが名前になった。

適当につけた呼び名だから、時々、どのネコがどの名前なのかわからなくなる。でも、ネコのほうはよく憶えていて、こちらがキンとかタマとかあてずっぽうに呼ぶと、自分の名前を呼ばれたネコはピンと耳を立ててこちらを見つめたり、立てた尻尾を微かに動かして尾の先で返事をしたりする。

屋根の上のネコたちはボクには何の警戒心もない。寝転がって星を見上げていると、ネコたちも寄ってきて同じように寝転がって星を眺める。話もよくする。

最近調子はどうだとか、今日は何処までいって来たのかとか、どれも他愛のない話なのだが、そんな、どうでもいいようなことを話しかけながら頭や顎を撫でたり、背中や腹を撫でたりしているとむこうもじゃれてきて、身体を擦りつけたり、頬を寄せたり……、そんなふうにしていると、皆、かけがえのない仲間という気がして、いや、どちらかというとこっちの方が本当の家族なんじゃないかという気さえしてくる。

ガレージの屋根に上るときは家の台所からくすねた小魚とか、干し魚とか、鰹節とか持っていくと皆喜んで食べる。魚を食べないネコには肉やソーセージを持っていく。ビスケットやスナック菓子が好きなネコもいるから不公平のないように少しずつ持っていく。

屋根に上り、その隅に隠しておいた皿に食べ物を分けると、皆、おもむろに寄ってきて自分の好きな食べ物の入った皿を選んでかぶりつく。皆、食べ物にはうるさくて、自分の好物以外は見向きもしないから派手な諍いもない。

※

中に少し毛色の変わったネコがいる。雌ネコで、身体は不規則な三毛で四本の足が膝のあたりまで白い、見た目も変わっているからよく目立つ。ボクはこのネコをミャオと呼んでいる。ミャオはボクには特別によくなついている。ボクがいると必ず寄ってきて、胸やわき腹に凭れかかり、身体を預けるようにして甘える。顎の下や首筋を撫でるとミャオと鳴いて身体をすり寄せる。すごく可愛い。頬を寄せ、背中や腹を撫でてやる。ミャオはボクが何処をどう触っても嫌がらない。

ミャオはひどく気まぐれで、その時の気分で動く。ただ、ボクには素直で、従順で、おとなしい。ボクが何を話してもその話をジッと聞いている。そんな時の反応を見ていると、時々、このネコはボクが言うことをすべてわかっているんじゃないかと思う時がある。

ミャオの好物はスナック菓子で、特にポテトチップスが好きだ。チーズ味のポテトチップスは袋ごと持っていってもペロッと食べてしまう。ヨーグルトやアイスクリームもよく食べる。特に、コーンの上にアイスクリームの載ったやつには目がない。

夏になると学校の帰りにはコーン付きのアイスクリームを買い、夜、ミャオと半分ずつ食べる。ボクが上のアイスクリームを食べてから下のコーン付きのところをやると、嬉しそうに齧り付いてペロッと平らげる。

食べ終わるとボクに背を向け、左の前足で耳の後ろ側をカリカリカリと三回掻いて、掻いた前足の先をペロッと舐める。別に耳の後ろが痒いわけではなくて、これが何かに満足した時のミャオの癖なのだ。

ミャオは見るからにメスだ。そのしなしなした歩きかたからして妙に女っぽい。それに、ふっとこちらを見るときのあの媚を含んだ流し目や、振り向いたりするときのあの艶っぽい目つきはどう見ても女だ。それは、少なくともボクの知る霊長目ヒト属のメスたちよりははるかに色っぽい。

発情期になるとミャオのそんな仕草はますます女っぽく、艶っぽく、何とも言えない色香を漂わせるようになる。食肉目ネコ科の発情期は年に何回もあって期間も長いから、ミャオは、つまるところしょっちゅう発情していることになるのだが、いつのころからか、それが妙な具合になってきた。

つまり、発情期になると恐れ多くも霊長目ヒト属のボクに欲情するのだ。ミャオがボクのことを好きなのはわかっている。ボクもミャオは可愛い、愛おしくもあるが、相手が猫では何ともならない。

しかし、ミャオは発情期特有のあの甲高い声で鳴きながらボクに近づき、媚を売り、艶めかしいその姿態を悩ましげにくねらせてボクの身体に擦りつける。ボクはそんな時の彼女に、

「ボクらは種が違うのだから……」

と諭すように言い聞かせるのだが、ミャオにはその意味がよくわからないようで、充血したその尻をかかげるようにして悩ましげにボクを誘う。しかし、相思相愛の仲ではあっても種の違いは如何ともしがたいのだ。ボクは、

「ミャオ、今度生まれてくるときは人間に生まれてこいよな……」

と言いながら、彼女の高く掲げた尻尾のつけ根にそっと触れ、

「そしたら、また、こんなふうにして恋をしようよ……」

と優しく語りかける。

その頃のミャオの年齢はわからないが、あまり若くなかったのではないかと思う。ねぐらもわからないが、いつも小ぎれいにしていて毛の艶も良かったから、多分、何処かの家の飼い猫だったのではないかと思う。他の野良猫とは違っていた。

ヒト属のボクに恋をしたミャオは二年ほどすると突然姿を消した。ある日ふっといなくなったのだ。ボクは屋根の上から彼女の名を呼び、そこで長いこと待った。あちこちの心当たりを捜したりもした。

彼女が姿を見せなくなってからも屋根の上には好物のポテトチップスやヨーグルトやコーン付きのアイスクリームを持って行ったけど、結局、彼女は二度と姿を現さなかった。

ネコは自分の死期を見せない。ただ、何処かに消えるのだ。そして、ミャオはそんなふうに消えてしまった。

※

しばらくして両親は離婚した。姉は結婚して家を出、ボクは遠く離れた仙台の大学に入って下宿生活を始め、実家には父親がひとり残った。家族は離散した。そして、あの屋根の上のネコたちは遠い記憶の断片としてボクの心の片隅に残った。

学生時代は父親しかいない実家にはほとんど帰らず、故郷とは疎遠のまま四年が経った。卒業後は修士課程に進み、更に二年が過ぎた。やがて、修士課程を修了すると地元の大手企業に就職が決まり、ボクはあたりまえのように実家に戻った。父親との二人暮らしが始まった。

久しぶりに戻った地元の様子は相も変わらずだったが、隣の叔父の家では家族が一人増えていた。〝モモカ〟という名の女の子でもう三歳になっていた。ボクとはだいたい二十歳ほど歳の離れた従妹ということになる。

初めてモモカを見たときは妙な感じだった。何故だか、何処かで見たことがあると思ったのだ。どうも気になる。気にはなるのだが何処で会ったのかが思い出せない。何か、捉えどころのない気分だった。そして、その曖昧な感じはボケた映像のように焦点の定まらないまま、やがて、雑然とした日常に紛れてうやむやになった。

モモカは丸顔でとても可愛い。つり目のネコ顔で、クリクリした目がよく動く。性格もネコそのもので、気まぐれで、コロコロ変わる。何をするにもその時の気分で動くから掴みどころがない。

でも、甘え上手で、何かというと人に凭れかかり、身体を預けるようにして甘えるところは何ともいえず可愛い。そして、時折見せる女の子らしいその仕草は幼い色気さえ感じさせるのだ。

そう、モモカを見ていると、時々、女の子というのは子供である前に女なのかもしれないと思う。子供とはいえ、その何気ない仕草の端々にふと艶めかしい女を感じさせるのだ。実際、そんなときのモモカは男であるボクをゾクッとさせるような色香を漂わせる。そして、突然、

「大きくなったら、わたし、ケンちゃんのおよめさんになる……」

などと言うのだ。

※

従妹とはいっても歳の差から言えば叔父と姪と言ってもいいほど離れているのだが、モモカはボクによくなついた。ボクが家にいるときは幼稚園から帰ると真っ先に飛んでくる。やがて、夜はそっと家を抜け出してガレージの屋根に上ってくるようにもなった。

初めてここに連れて来た時は、何か、とても懐かしいものを見るようにそっと見まわし、満足げにほほ笑んだ。それ以来、ここはとても好きな場所になったようだ。今では、晴れた日の

夜はよくここにきて二人で星を眺める。

モモカの好物はスナック菓子で、特にチーズ味のポテトチップスが好きだ。アイスクリームもよく食べる。特に、コーンの上にアイスクリームの載ったやつには目がない。

その日、ボクは仕事帰りにコーン付きのアイスクリームを買い、夜、モモカと半分ずつ食べた。ボクが上のアイスクリームを食べてから下のコーン付きをやると、モモカは嬉しそうに齧りつき、食べ終わるとボクに背を向けて、左手で耳の後ろ側をカリカリと三回掻き、溶けたアイスクリームのついたその指先をペロッと舐めた。

その時、曖昧だった記憶の焦点が合って、何かが鮮明に甦り、やがて、胸の奥に埋もれていた記憶の端に繋がった。モモカが誰に似ているのかに突然気づいたボクは、思わず、

「ミャオ……」

と呟いていた。

小さな声だったから聞こえているのかいないのかはわからない。モモカはふっとこちらを向くと、ピンと耳を立て、じっとこちらを見つめた。

了

びーの約束

家内が犬を欲しいと言いだした。困ったことになったと思った。だいたいあの手の動物は手間がかかる。出費も馬鹿にならない。うっかり飼いはじめたら旅行にも出かけられない。何とか思いとどまらせようとしたが譲らない。

言いだしたその翌日には犬の雑誌を何冊か買ってきて、あの犬が良い、この犬が可愛いなどと騒ぎはじめ、やがて、ボクの前に座ると一冊の雑誌を開いて見せた。気の進まないまま覗いてみると、そこには立派な犬の写真が載っていて、紹介記事にはミニチュアシュナウザーとある。見ろと言われて見ただけなのに、いつのまにかこの犬を買わなければいけない空気になった。

その週末、街の外れの小さなペットショップに出かけた。冷やかし半分で犬用ケージをのぞくと、あまり冴えない感じの雌の仔犬が不貞腐れたように寝そべっている。犬種はミニチュアシュナウザー、生後二〜三カ月だったから、まだ小さくて、黒くて、どうみても大きめのネズミという印象だった。雑誌に載っていた写真とはずいぶんと違う。

顔を近づけて覗き込んでも、別に尻尾を振るわけでもなく、愛嬌をふりまくわけでもなく、

不機嫌この上ない。声をかけても、

〝何だ、このおっさん〟

といった風情で上目づかいに見上げる。目つきも良くない。あまり掃除の行き届いていないゲージの扉には十五万の商札が付いている。ずいぶん高い。

隣のゲージに同じ犬種の雄犬がいた。横を向くと目が合った。こちらは闊達で元気が良く、覗き込むと短い尻尾を振って寄ってくる。人懐っこくて、愛嬌があって可愛い。見ている方も自然に頬が緩む。

その風貌もミニチュアシュナウザーらしくて気に入った。運命の強い力を感じ、ボク達は出会うべくして出会ったのだと思い、すっかりその気になった。ケージの扉に掛かる商札に値段だか月齢だかの表示がなかったから店員に聞いてみようと顔を上げた瞬間、その仔犬が水飲みをひっくり返した。

水がいっぱいに入った入れ物を派手にひっくり返したものだからゲージの床に敷いてある新聞紙は一面びしょ濡れで、その上を転げまわる仔犬もずぶ濡れ、おまけに、当の張本人がひっくり返った水飲みを咥えて振り回すものだから濡れた新聞紙はぐちゃぐちゃで、ついさっきまで小ぎれいだったゲージの中は惨憺たる有様になった。仔犬はその濡れた新聞紙の残骸の上に屈み、そして、シャーッと音を立てて小便をした。

その有様をただ茫然と見ていたボクは、ふと、新築したばかりの我が家と、最近買いそろえたばかりの家具が小ぎれいに収まった居間と寝室を思い浮かべ、あの清潔で端整な居住空間を我がもの顔で走り回り、齧り、小便を垂れ流すこの小動物の姿を思い浮かべた。運命的な出会いの感動は消えていた。

最初見たケージに視線を戻すと大きめのネズミが見上げている。愛嬌はないが大人しい。闊達さはないが新品の家具を片っ端から齧るようなことはなさそうだ。元気が良いとは思わないが部屋中に大小便を垂れ流すようには見えない。あまり人懐っこくもないが何といってもミニチュアシュナウザーだ。取りあえず、消去法でいくとこの犬になる。

この客はカモと思ったか、絶妙のタイミングで店員が寄って来た。冷やかしのつもりで値切ってみた。十二万と指し値をしたら、あっさりと値引きしたので後に引けなくなった。あとは成り行きだった。かくして、無愛想なミニチュアシュナウザーは我が家のペットとなった。

※

仔犬と一緒に仔犬用のコンテナ、餌入れと水入れ、仔犬用の餌と、その他諸々を買いそろえ、そのコンテナの底に新聞紙を敷いて丁寧に運んだ。家に帰るとあらかじめ用意してあった大きめの籠にタオルケットとクッションを敷き、取りあえずはそこで小便や糞をしてもいいように古新聞紙を敷いた。

しばらくは借りてきた猫のように大人しかったネズミはボクらが大慌てで餌入れと水入れを準備したところで籠から出てきて、前足を揃えて背伸びしながら大きくアクビをし、辺りを見回し、おもむろにその場にしゃがみ込んでシャーッと小便をした。

どうやら可愛いの可愛くないのと浮かれている場合ではないらしい。まずはトイレの場所を憶えさせなければいけない。忙しくなった。慌てて新聞紙と仔犬用のトイレシートを居間の隅に敷き、夫婦交代でジッと見ていて、仔犬がもよおした素振りを見せると抱え上げ、シートの上に乗せる。

しかし、用を足そうとするたびに突然抱え上げられる当人は、その生理的欲求を中断させられる苛立たしさからか、それとも、そこで小便をしてはいけないものとでも思い込んでいるのか、シートの上ではちびりとも漏らさない。おだててもすかしてもそこではしようとしないのだ。

苛立っても仕方がないからこちらも根比べと覚悟を決めて粘るのだが、こちらが見てる間はその気配も見せないのに、ふっと気を緩めて目を離した途端に部屋の隅にシャーッとやる。十五万を十二万に値切られたのが気に入らないのか、ネズミと呼ばれたことに機嫌を損ねたのか、それとも、トイレシートの上では金輪際小便などしまいと固く誓いを立てているのか、したくなると、何故かトイレシートや新聞紙を避けてする。

結局、我が家の居間の床はトイレシートと新聞紙に覆われ、敷き詰めた紙とシートを踏まずに歩くのが難しい状況に立ち至ったのだが、敵は何とかその間隙を探し当て、張ったばかりのフローリングめがけてシャーッとやる。とにかく目が離せない。

※

ペットを飼えば当然我が家の一員ということになり、我が家の一員ということになればいつでも一緒というライフスタイルになる。だいたい、家内がベッタリで離れようとしないわけだから、当然、何処に行くにも連れていくことになり、翌日はその流れで初のドライブということになった。

家でもまだトイレが出来ない状態だから、取りあえず、どこで漏らしてもいいように愛車の床に新聞紙とトイレシートを敷き詰め、仔犬だから車酔いもするだろうと安全運転を心掛ける。そろそろと発進し、信号機に掛かるとそろそろと止まる。決して急ブレーキはかけない。仔犬は助手席に座る家内の膝の上で取りあえずは大人しい。

迷惑運転で逮捕されそうな速度でトロトロ走っていると、我が愛犬は家から二キロほどのところで小便を漏らした。膝を濡らした家内が悲鳴を上げる。慌てて路肩に寄って車を止め、濡れたシートとジーパンを拭い、

「まあ、仔犬だからしょうがないよ……」

などと鷹揚なことを言いながら走り出し、後続の車からクラクションを鳴らされそうな速度でまた二キロほど走ると、今度はゆるい糞をした。

今回は、怪しげな気配を察した家内が素早く床の新聞紙の上に仔犬を置いたので、膝やシートを汚すことはなかったものの仔犬特有の下痢便だからひどく臭う。

家内は再び慌てふためき、車は再び急停車し、ボクは流石に不機嫌になった。実際、あまり鷹揚なことも言っていられない。これではいつまでたっても目的地に着かないではないか……。

数日前に洗車したばかりの、それも通常のワックス洗車に車内清掃のオプションを追加した清潔な車内には糞尿の臭いが漂い、普通に息をしようと思えば窓を開けずにはいられない。

何となく気まずい雰囲気になり、しかし、その場は気を取り直して糞尿に濡れたシートと新聞紙を片付け、車は再び走り出した。仔犬は、しかし、初めてのドライブで車酔いしたのか、また二キロほど走ったところでゲッと吐いた。結局、その日は外出を諦めた。

※

夜は夫婦二人の寝室にベビーベッドを用意した。初めはそのベッドに寝るのだが、夜中になると寂しいのか家内のベッドにもぐりこむ。最初の夜はボクのベッドに来たのだが、ボクが寝返りを打った拍子に押しつぶしたらしい。

夜中のことなので、寝返りを打った当人はよく憶えていないのだが、何れにしても、仔犬はこの飼い主に弱者の生命財産を守るデリカシーはないと判断したらしく、以来こちらの布団には来なくなった。

我が家に来てから二〜三日すると名前も〝ネズミ〟ではまずかろうということになった。取りあえずは新しい家族なのだから、家長としてはそれなりの名前を考えなければならないのだが、どうにも思いつかない。

コロとか、太郎とか、次郎とか、いや、メスだから花子とか、いろいろ考えるのだが、どれも垢ぬけない。結局、一字の名前にすることにして、面倒くさいから五十音順に探すことにした。

この場合、五十音を〝あいうえお〟順に追っていくのだが、〝あー〟、ではおかしい、〝いー〟でも名前らしくない、〝うー〟でも変だし、〝えー〟ではもっと変だ、そんな具合でなかなか決まらない。

〝あかさたな〟を根気よく追ってみたがどうもピンとこないので、今度は五十音に濁点をつけると、やがて、は行の〝びー〟にいきあたり、そのあたりで疲れた。結局、それ以上考えるのも面倒くさくなり、〝びー〟でいいだろうというほぼ投げやりな結論に達した。

その間、何も言わずジッとものの想いにふけるボクの様子を見ていた家内は、こちらが深遠な哲学的思索に耽っているものと解釈したらしく、その思索の結果出てきた〝びー〟を深い形而上的意味を持つ単語と理解した様子で、しきりと、

「それ何の意味なの……」

と聞きたがる。

当方としては、別に意味はないと言うわけにもいかず、その〝びー〟なる単語に形而上的意味を持たせることのほうに名前を考える倍の時間を費やしたのだが、結局、行き当たりばったりの思い付きで〝びー〟はミツバチの〝Ｂｅｅ〟だと説明するとようやく納得して一件落着となり、かくして、我が家の犬はめでたく〝ほそやびー〟と命名された。

※

しばらくすると朝晩の散歩が日課になった。日に二〜三回散歩に出る習慣がつくとトイレも家の外でするようになり、結局、あれだけ頑固に拒んできたトイレシートや新聞紙を巡るバトルはそれをもって平和裏に終息した。

近所の人の話ではボクら夫婦の住むこの地域は全国でも飛び抜けて飼い犬の多い地域らしく、犬口密度、つまり、この辺りに住む人の数に対する犬の頭数の比率は全国で最も多いという不思議な土地柄らしい。

そんな土地柄もあってか、犬のリードを握る愛犬家達があちこちに出没し始める朝晩の散歩時、この界隈の住宅街を巡る路地は犬を連れた人たちの専用道路と化し、犬を連れていない通行人は肩身の狭い思いをすることになる。

それどころか人相によっては何故か怪しい目で見られたりもするから、犬嫌いの人はこの街ではずいぶんと暮らしにくいだろうなどと秘かに同情したりもするのだが、反面、ここではその性格に多少の欠陥があっても、犬を連れているだけで一応まともな人間に見られる傾向があるから、ボクなどは大いに助かる。

朝晩犬の散歩に出るようになると知り合いも出来る。びーのおかげで越してきたばかりのボクらにもずいぶんと顔見知りが増えた。所謂、ご近所の犬友達ということになるのだが、この場合の主役は犬だから、大抵の場合、だれだれのお父さん、だれだれのお母さんといった呼び方になる。

例えば、ジャックのパパ、コロちゃんのママ、マロンのお母さん、ジュリアのお父さんといった具合で、そうなると、一人で歩いているときに知り合いとすれ違っても向こうはわからない。

彼らの知っている〝ほそやさん〟は我が家の犬とワンセットであって、つまり、ミニチュアシュナウザーのびーちゃんと一緒だからこそ〝びーちゃんのお父さん〟として成り立つわけであって、犬抜きではたまたますれちがった何処かのおじさんと認識されるだけのようなのだ。

だから、我が家の犬が同行していないときにご近所の犬友達とすれ違うときは、

「こんにちは……」

のあとに必ず、

「ボクは、ほら、二丁目のぴーの飼い主の……」

といった挨拶、プラス、犬の解説付き自己紹介が必要となる。

そんなわけで、散歩の途中で行き合う知り合いに対し、毎回毎回、自分が何者であるかをいちいち説明する手間を省くためにも、この街を歩くときには必ずぴーが同行することが望ましい。

※

朝晩の散歩を始めてしばらくすると、すれ違う犬と飼い主の見逃せない特徴に気付く。それは例えば、ルックス的にはかなり問題がある犬でも、飼い主は皆自分の犬が世界中で一番可愛いと確信しているらしいことで、これは、どの飼い主にも共通の症状として、まず例外は認められない。

それと、どういうわけか飼い犬は飼い主に似る。散歩の途中、小太りで丸顔のブルドッグを連れている小太りで丸顔のおばちゃんや、細面で鼻のしゃくれたキツネ顔の柴犬を連れるキツネ顔のおじちゃんに遭遇するとつい頬が緩み、鼻が上を向いたシーズーを連れる飼い主の鼻が同じ角度で上を向いていたりすると、ふっと犬が飼い主に似るのか、それとも、飼い主が犬に似るのか、といった深遠な哲学的命題に心を奪われたりもするのだ。

だいたいは顔や体形がそっくりなのだが、あれは、多分、性格も似ているのだろうと思う。だから、人の顔を見るとやたらキャンキャン吠えかかるやかましい犬や、妙に攻撃的な犬や、噛み癖のある犬などに出会うと、つい、その犬の飼い主とは距離を置いた方がよかろうなどと思ってしまう。そして、その決心は、その飼い主がどんなに若い美人であろうと、ファッションモデル並みにスタイルが良かろうと揺るがない。

そう考えると、近頃は我が家の犬もボクに似てきた。誇り高いミニチュアシュナウザーの純血種であることを差し引いても、その哲学者然とした知的な風貌や、頑固な孤立主義者であることや、思いやりの深い優しい性格は間違いなくボクに似た。

ただ、この犬はよく吠える。物静かなボクに似ずよく鳴くのだ。思うに、この騒々しさはどう見ても家内のほうに似た。とにかく、喧しく吠えることがおのれの天分と心得ているらしく、家の中でも外でも事あるごとに吠えたり、唸ったり、忙しい。

あの甲高くてよく通る特徴的な声は数百メートル離れたところからでもよく聞こえるから、家内と散歩や買い物に出た時などはだいぶ離れたところからでも我が家の犬が帰ったとわかる。だから、家内の車がまだ玄関脇の駐車場に入る前から騒ぎ立てるその声は、書斎で書き物をしているボクに山の神の帰宅を知らせる警報器代わりにもなっている。

しかし、そのけたたましさを差し引いても、その並外れた利発さは認めざるを得ない。我が家の犬ながら実に賢いのだ。それは、ホモサピエンスとしてほぼ平均的な知能指数を有するボクが舌を巻くほどで、家の中では決して粗相をしないとか、テーブルの上の食べ物には決して口をつけないとか、散歩から帰ったら足を拭くまで居間に上がらないとか、そうした日常的な事柄は勿論のこと……。

例えば、我が家の犬には自分の玩具箱があって、家内やボクと遊ぶときはその玩具箱の中から玩具を出し、飽きると遊んでいた玩具を別の玩具に代えるのだが、誰が教えたわけでもないのに、今まで遊んでいた玩具をきちんと玩具箱に戻してから次の玩具を持ってくるところなどは実に几帳面で、とても犬風情のしわざとは思えない。

朝の散歩に出る時も、ボクがゴミ袋を抱えただけで、何も言わなくてもゴミ置き場に直行し、ボクがゴミを出したことを確認すると、おもむろにいつもの散歩コースを辿りはじめるとか、とにかく、一時が万事そんな調子で、その底知れぬ賢さはどこか犬ばなれしたものがあるのだ。

しかし、手はかかる。ざっと考えても、散歩が日に三度、雨の日も風の日も台風が来ても休めない。散歩が終われば丁寧に足を洗い口と尻を拭く。雨に濡れた日はシャンプーとドライヤーが要る。食事は日に二回、水替え、おやつ、サプリメント、週に一度のシャンプーとドライヤー、こうなると飼い主は犬の身の回りの世話に追われて、どっちが飼っているのか飼われているのかよくわからない。

月に一度のトリミング、ワクチン接種、ダニやノミ予防の処置、ちょっと体調が悪かったり、何かの拍子に悪いものを食べたり、腫れものや怪我や虫や蜂に刺されてもすぐに動物病院に走るからあれこれ出費もかさむ。

結果、精密検査を要したり、入院して一晩様子を見ましょうなどということになると、これもけっこう高くつく。内臓疾患で手術ということにでもなればその出費たるやかなりの額で、しかし、その並々ならぬ手間や出費を差っ引いてもびーの持つ癒やしの力は素直に認めざるを得ない。

大方の犬がそうであるように、我が家の犬も飼い主に対して心優しい。犬種の性質からいってもミニチュアシュナウザーの細やかな感性は超癒やし系といっていいだろう。日常の何気ないやり取りの中で、心ない家内の一言に大いに傷ついたボクが、内心、ムッとしているときなど、いつの間にかスッと寄ってきて鼻先をボクの顔に寄せ、クンクンと鳴いて親愛の情を示すのだが、それはまるで、

〝まあまあ、おとうさん、ここはひとつ機嫌を直して、ね、ことを荒立てず、穏やかに、穏やかにね……〟

と言っているふうに思えるし、実際、そんな思念も伝わってくるのだ。

しかし、許せぬ一言を吐いた家内のほうは、ボクと犬のそんな高度な思念のやり取りなど露知らず、ついさっきの悪口雑言などすっかりと忘れたふうに鼻歌など歌いながらキッチンに立っているから、既に主導権を握られて幾歳月、この殺伐とした我が家で味方はやはりこの犬だけかと思い、そう思うと何か寂しいような、しかし、どこか救われたような気分になるのだが……。

とにかく、我が家の犬はそんなこんなも含めて何もかもわかっているふうで、仕草のひとつひとつにときどき薄気味悪ささえ覚えるほど犬並みはずれた理解力を示すのだ。

※

散歩のときはノーリードで歩く、首輪からリードを放しても決してボクから一定の距離以上離れようとしない。車の通る大通りでは危ないのでリードをつなぐが、強くひかなくても声を掛ければよく言う事を聞く。

だいたいボクはリードが好きでない。狭い庭で短いリードに繋がれて囚人のような扱いを受けている犬や、短いリードを握る飼い主の言うがまま窮屈に歩く犬たちを見ると良い気持ちがしない。

人と人、人と物の関係は互いを縛ることで成り立っているように思う。人は何かに縛られて生きているのだろうとも思う。そのリードは目に見えないが、結局は皆そのリードに引かれるままに歩いているのだと感じることが多い。それは、生きているというより生かされているという感覚に近いのかもしれない。

だから、せめて自分の犬は、それも、散歩のときくらいはノーリードで歩かせてやりたいという気にもなるのだが、実際はノーリードで歩ける犬は少ない。ましてや、訓練なしのノーリードとなると珍しい。

そんなに賢く利発な犬も外に出たときの社交性はひどく心もとない。夫婦二人の家で子供同然に扱われているせいか自分が犬という自覚が無いようなのだ。行動の端々にどうも自分を犬と思っていない形跡があって、他の犬とは金輪際馴染もうとしない。公園で他の犬たちと会ったときなどは、

〝あっ、犬が遊んでる……〟

といった風情で、一匹だけ離れたところでポツンとクールに見つめている。他の犬が遊んでいるのを他人事のように見ているだけでその輪の中に入ろうとしないのだ。

何かの拍子で犬の群れの中に紛れ込んでも、他の犬に交じってどうしていいのかわからないらしく、小さい子供が保護者に救いを求めるようにボクや家内に寄り添い、ボクらの足を前足で引っ掻いて、

「ねえ、早く帰ろうよ……」

と訴える。

しかし、人が来たらよく吠える。郵便屋さんや宅急便の配達などには喰ってかかるように吠え、大切な客や友人にも遠慮なく吠えかかる。

客や友人の場合は吠えながら微妙に尻尾を振っているから、敵意はなくて警戒心も薄いのだろうが、とにかくけたたましくて、一旦吠えはじめると鳴きやまず、その声は互いの話し声もテレビの音も電話の声も聞こえないほどやかましい。

知り合いの家を訪ねると、いっこうに可愛くない犬が出てきてけたたましく吠える。あまり理不尽に吠えるのとやかましいので思い切り蹴飛ばしたくなるが、まさか飼い主の目の前で蹴飛ばすわけにもいかず、抗いがたい攻撃本能を必死に抑えながら、目の前に座る飼い主の手前お犬様のご機嫌をとる。誰しも一度や二度はそんな経験があると思うが、我が家の訪問客には例外なくそうした経験を積んでいただくことになっている。

※

週に一度は必ず来る友人がいる。ここ数年、ボクら夫婦は自宅から一時間ほど離れた会場の週一度の瞑想会に参加しているのだが、毎週日曜日には、やはりその瞑想会に参加している友人が家まで来て会場まで同じ車に乗り合わせて行くのが習慣になっている。我が家の犬はこの友人にも吠える。それも尋常でない吠え方をする。異常な勢いで吠えかかるのだ。

その友人は自分でも甲斐犬を飼っている。別に犬嫌いというわけでもなく、動物虐待をしているわけでもなく、特に悪人とも思えないのだが、その吠え方のあまりの激しさとけたたましさに、最初のころは穏やかに機嫌をとっていた友人も、その温厚な人柄に似合わず、

「いいかげんにしてくれよ……」

と声を荒らげた。

友人の可愛がっている犬だからその飼い主の目の前で本気で叱るわけにもいかない。ボクなら飼い主がどっかに行った隙に蹴飛ばすくらいのことはしかねないほどけたたましいのだが、彼は動物にはいたって優しい男でそういうことのできるタイプではない。

大人しく博愛精神に富んだその友人にしてみれば、それは我慢に我慢を重ねた上の精一杯の抗議だったのだろうが、とにかく、飼い主のボクが腹にすえかねる彼の気持ちもよくわかる、と納得するほどその吠え方は凄まじい。

※

知り合いに犬語を解する霊能者がいる。普段は人相手の霊視をしている彼は相手が動物でも思念を読みながらのコミュニケーションが出来るらしい。我が家へは毎週日曜日に訪ねてくる

例の友人と連れだって来ることが多く、だから、我が家の犬はこの男にもよく吠える。例のごとくけたたましく吠える。

あまりいつまでも吠えるので流石に閉口した霊能者は、我が家の犬の前足を膝に置くと額を寄せて思念のやりとりを始め、しばらくするとその訴えをボクに通訳し始めた。

その説明によると、どうやら、

「お父さんとお母さんを連れて行かないで」

と訴えているというのだ。

「家に誰もいなくなってしまうのはイヤだ」

と言っているらしい。

それでわかった。例の友人が訪ねてくる日は皆でお茶を飲み、ボクと家内とその友人の三人は連れだって瞑想会に出掛ける。その後はかなり長時間留守にするから、その間ひとり取り残される我が家の犬はひどく寂しい思いをしているに違いない。

だから、我が家の犬にしてみると、週に一回訪ねてくる例の友人は来るたびにボクと家内を理不尽に連れ去る悪魔のような存在なのだろう。そう考えると、彼が姿を見せると仇敵のように激しく吠えかかるのもよくわかる。

ボクは、今まであまり注意していなかった犬のひとつひとつの鳴き声にひとつひとつの意味があるのかと驚き、以来、その鳴き声に敏感になった。確かに、そう考えると同じ鳴き声でも一声一声抑揚と強弱が違うのだ。

※

あまり人には言えないことだが、家内が実家に帰ったときの数日間、ボクと我が家の犬だけで留守居をしたことがあった。その時、何かで我が家の犬がちょっと機嫌を損ねるようなことがあって、流石に気がとがめたボクは、

「愛してるよ……」

と言った。家内にはこんなセリフは間違っても言えない。言おうものなら、

「熱でもあるんじゃないの……」

と本気で心配されかねないセリフなのだが、犬になら言える。それと、その時は何故か言っておかなければいけない気がしたのだ。だから二度言った。

最初、我が家の犬はキョトンとして、ボクの目を覗き込むように見ていたのだが、もう一度、

「お父さんはお前を愛してるんだよ……」

と繰り返すと、その小さな身体をすり寄せるようにして親愛の情を表す。わかってるんだな、と、その時理解した。

確かに我が家の犬は人語を解する。つまり、こちらの言うことを理解する。それも、ほぼ完

壁に理解するから人の話が聞けない症候群の人と話をするよりはよほど解りがいい。

一方の犬語はコツさえ掴んでしまえばそれほど難しくない。我が家の犬は何か訴えたいことがあると一声〝ヴゥー〟と唸り、喉と喉の奥と唇を動かして〝クニャクニャクニャ〟と何か言う。それを、ただ鳴いたり吠えたりしているわけではなくて、何か、話をしているのだろうと思うとなかなか饒舌なのだ。もしかしたら、犬の鳴き声や行動のひとつひとつに意味の無いものは無いのかもしれないと思いはじめたボクは、ある日、そんなびーと向き合った。

心を空っぽにして思いを集中し、その思いを言葉やイメージに変えてびーの心に送る。はじめは反応がなくても、同じことを二〜三回繰り返すとプツッと何かがつながる感じがする。びーの気配が変わり、こちらに注意を向けるのがわかる。やがて、自分の内側にも何かが流れ込むのを感じる。それは、どこか薄ぼんやりとした思いのかたまりのような、しかし、思いであって思いでないもの、言葉であって言葉でないもの……、
その曖昧な何かは闇に浮かぶ灯篭の灯のようにおぼろげな光を放ちながら、心の中に浮かんでは消え浮かんでは消え、徐々に心の核心に近づき、やがて、意味をなす言葉やイメージにかたちを変えていく。ボクはこれがびーの言葉なんだなと思う。そして、ボクの想念もびーにはそんなふうに届いているのだろうと思い、多分、ボクたちは同じ感覚を共有しているのだろうと思う。

その日からボクたちの会話はおおむねそんなふうにして始まるようになった。しかし、それ

は言葉というよりは少し曖昧なもののやり取りとして成り立っていて、どこかポヤッとして掴みどころがない。

普段言葉のない生活を送っているせいか、犬族は喋ることに慣れていない。だから、長いセンテンスはいらない。我が家の犬の話であるから語彙や言い回しは人語と同じ、しかし、語彙も人語よりかなり少なくて単純でわかりやすい。言葉の言い回しや言葉づかいに気を使うこともないし、社交辞令もいらない。

人語を解するびーはこちらも犬の言葉を解すると思っているから話し始めると止まらない。ただ、その気まぐれで掴みようのない内容から察する限り、どうやら犬はあまり難しいことを考えないらしく、

「あそびたい？」

と言えば、

「うん、あそびたい……」

といった具合に展開するのだが、たとえ、インテリ犬然とした会話を楽しんでいる時でもおやつの時間になると突然ただの犬に戻って、

「食べるものくれ……」

としか言わなくなり、たまに何か言っても、せいぜい、

「野菜味より魚味のほうがうまい……」

といったようなことで、あとは前足でこちらの膝を引っ掻くなり、膝の上に乗るなりといった要求貫徹のための実力行使となる。しかし、まあ、おおむねその言葉に嘘はない。人の噂話や陰口もない。

かくして、ボクも我が家の犬も今や二カ国語を操るバイリンガルとなったわけだが、この恐るべき才能により始まったボクらの会話は、しかし、あっち飛びこっち飛びでさっぱり要領を得ない。会話は、だから、なかなか前に進まない。いつも、同じところを行ったり来たりする。

しかし、我々の会話はそんな具合に日々友好的ムードで推移し、日を追うにつれて長くなり、特に、近頃は比較的知的レベルの高い会話をかわすようにもなっていった。

※

我が家は、ここ数年来、暮れのクリスマスイブには親しい友人夫妻と連れだって食事をすることにしている。イタリアンやフレンチのレストランが多いので犬は入れない。その間、家にひとり置いてけぼりになる我が家の犬は、当然、その処遇が大いに不満らしく機嫌が良くない。

その日、自分も連れていけと強硬に主張するぴーの猛攻を掻い潜るようにして家内と友人の待つ車に乗り込んだボクは、しかし、車に乗り込んだところで忘れ物をしたことに気がついた。

ひとり車を降りて再び玄関のカギを開け、ダイニングの椅子の上に不貞腐れたように丸くなるびーの様子を横目に見ながら、二階の書斎に駆け上がり、忘れ物を持って再び車に乗り込む。

やがて、楽しいイブのひと時を過ごしたボク達は、食事を終え、帰りは途中のコンビニに寄ってデザートのアイスクリームやケーキや、不本意な留守番に機嫌を損ねているであろうびーのためにスヌーピーの縫いぐるみなど買って帰宅したのだが、家に入ると居間にいるはずのびーの姿がない。呼んでも一向に姿を見せない。

怪訝に思って二階に駆け上がり、書斎をのぞき、ベッドルームをのぞくが姿が見えない。一階に戻ってバスルームをのぞき、階段下の納戸も隈なく捜す。やはり姿が見えない。泥棒や物とりにしては荒らされた形跡がない。だいたい何も取らずに犬だけ盗っていく泥棒などいるものなのだろうか……。

ボクは言葉を失って茫然と立ち尽くし、友人夫婦はびーの名前を連呼しながらさして広くもない家中を駆け回り、外に走り出た家内はびーの名前を呼びながら家の回りを駆け回る。ことはクリスマスイブらしからぬ大騒動となったのだが、その時、家内がふとメールの着信があることに気がついた。食事の間サイレントにしていたので気づかなかったらしい。

メールは普段から親しくしているご近所様からのもので、開いてみると、

〝びーちゃんうちに来てるよ……〟

とある。慌てて駆けつけると、当の本人はご近所様のお宅に上がり込み、クリスマス用の鳥のから揚げなどをモグモグやりながら、

〝え、何かあったの……〟

といった風情で家内の顔を見上げていたらしい。

かくして、イブのびーの失踪事件は事なきを得、取りあえずは一件落着となったのだが、一時の興奮状態が去って、少し冷静になるとどうにも合点がいかない。忘れ物をしたボクが家に帰ったときにはびーは確かにダイニングの椅子に寝そべっていたのだ。

忘れ物を手にして家を出たときには間違いなくドアを閉めて鍵をかけている。とすれば、びーは、何時、どのタイミングで外に出たのだろう。そのあたりの前後関係がどうもはっきりとしないのだ。どう考えても謎は深まるばかりで、イブの夜のその出来事はボクの中でちょっとしたミステリーになり、やがて、謎は解かずにいられないと心に決めたボクはまたびーと向き合った。

心を落ち着けて前足を膝に乗せ、意思疎通を図る態勢を整えると、

〝川内さんの家に行ったときのこと、ちょっと教えてよ〟

と聞いてみる、
びーはボクが何のことを聞いているのかすぐにわかったらしく、自分の記憶を辿り始めた。

やがて、忘れ物を取りに戻ったボクが家を出るとき足元に纏わりつくようにして外に出たこと、連れて行ってもらいたい一心でボクの後を追ったこと、しかし、車には乗せてもらえず、目の前でバタンとドアを閉められたことなどをぽつぽつと語り始めた。そして、走り出した車のあ

とを追いかけるびーのイメージがその言葉に重なる。

〝たくさん追いかけたよ〟

と、びーは言い、その言葉に走り去る車を百メートルほど追いかけた時のイメージが重なる。

〝捨てられたと思ったよ〟

とびーは言う。

〝そうじゃない、そうじゃない〟

とボクは言う。あの時、慌てていたボクは玄関を出るときや車に乗り込むとき、足元にびーがいることなどまったく気がつかなかったのだ。

しかし、そこでパニックに陥り、右往左往しないところが普通の犬と違うところで、理不尽に置いていかれたびーはそれなりに考えた。しばらく思案したびーは、やがて、我が家から二百メートルほど離れた川内さんのお宅にとぼとぼと歩き始めた。

大の犬好きである川内さんは、二〜三年前に飼い犬を亡くしたばかりということもあって我が家の犬を可愛がり、最近は我が家が留守にするときなどよく預かってくれるようにもなっていた。

びーもそんな川内さんにはよくなついているのだが、どうやら、食い物の質も量も断然向こうのほうが上と考えているふしがあって、散歩の途中などには何故か寄りたがり、川内さんに預けられるとなると何故か喜ぶ。しかし、クリスマスイブのその日は川内さんのお宅も食事に出掛けていたらしい。

〝車は無かった〟

とびーは言う、玄関のドアも閉まっていたらしく、再び途方に暮れたびーはとぼとぼと我が家に引き返し、玄関の前でボクらの帰りを待った。不詳の飼い主は、しかし、待てど暮らせど帰らない。

〝心細かった〟

とびーは訴える。たった独りで、ひどく寒い。その時のびーの不安と心細さが伝わってくる。我が家の玄関脇にしばらく佇んでいたびーは、結局、寒さと寂しさと不安に痺れを切らせてまた川内さんのお宅に引き返した。しかし、誰もいない。いよいよ不安になる。とぼとぼとまた我が家に引き返す。

〝何度も行ったり来たりしたよ〟

と本人は言い、我が家と川内さん宅の間をウロウロするびーのイメージがその言葉に重なった。

本人の記憶では二回か三回は往復したようで、犬の時間感覚ではその間およそ一時間、たまたま通りかかったご近所の誰かに、

〝あれ、そこに高級な犬がいるよ……〟

などと言われながらとぼとぼと歩いた。

後日、家内が聞いた話では、あの夜、小さなミニチュアシュナウザーが一匹でウロウロしているのを見たというご近所様がいて、その人が、

〝あれ、高級な洋犬がいるよ……〟

などと話をしていたと言っていたらしいから、びーの記憶はその話とも符合する。結局、何回か往復したあと、川内さん宅の玄関先でびーは保護された。

保護した川内夫妻の話によると、食事から帰ったご夫婦が家のダイニングでお茶を飲んでいると、何処からか犬の鳴き声がする。川内の奥さんがご主人に、

〝びーの鳴き声がしない？〟

と聞くと、テレビを見ていた川内のご主人は、

〝まさか〟

と言って立ちあがった。

そう言えば、なにか犬の鳴き声が聞こえる。不審に思ったご主人が玄関まで出るとドアの外からやはり鳴き声が聞こえる。驚いたご主人がドアを開けると、玄関ドアの前にきちんと正座したびーは川内のご主人の顔を見上げてワンと一声吠えた。ご主人が、

〝あれ、びーちゃん、こんなところでどうしたんだ……〟

と言って抱きあげると、一夜の冒険を終えた当のびーはご主人の腕の中で心底ホッとした表情を浮かべたという。

※

びーは出好きで、車に乗るのも大好きだ。気が向くと車で三十分ほどの場所にあるショッピングモールに連れだって出掛ける。ショッピングモールには軟質小麦が原料のイタリア製ビスケットを売っているペットショップがあって、まず、そのビスケットを買いに寄る。品が良く見えても喰い意地だけは他の犬に負けないから、口に入るものなら大抵は好物になるのだが、バニラの香りのするそのビスケットは特にびーの好物で、少しずつ与えても一袋百グラム入りのその菓子は一週間でなくなる。

ペットショップの向かいにはアメリカンスタイルのコーヒーショップがある。セルフサービスで座席の半分は外のテラスにあるから犬も座れる。

我が家の犬はテラスの椅子に乗ると背筋をピンと伸ばして正座する。一旦座るとテコでも動かない。人が話しかけても、犬が通っても猿が通っても全く動じない。ボクが席を立っても、水を取りに行っても、トイレに行っても、東京のどこかの駅にある忠犬ハチ公の像のようにじっと座って待っている。どこかストイックな雰囲気を漂わせるその姿は、わたしもおとうさんと一緒に行儀よくお茶など飲むんだよ、と、一生懸命世界に主張しているようにも見えてどこかいじらしく、しかし、微笑ましい。

ボクたちはそこで柔らかな春の陽を浴び、眩しい夏の陽光に照らされ、清涼な秋の風に吹かれ、そして、穏やかな冬の陽にホッと息をつく。

びーが十四歳の誕生日を迎える前のある日、そのテラス席に腰をおろしたボクは傍らのびーに、

〝そろそろびーの誕生日だよ……〟

などと話しかける。びーはボクの目を覗き込むように見つめる。ボクは、

〝びーもそろそろ十四歳だね〟

などと言う、取りあえずびーは、

〝うん……〟

と言う。どこまでわかっているのかわからないから、

〝歳とるってどんな感じなの〟

と聞いてみる、びーは、

〝う〜ん〟

と、しばらく考えて、

〝わからない〟

と言い、また、しばらく考えて、

〝でも、哀(かな)しい感じがする〟

と言う。

〝どうして哀しいの〟

と聞くと、また、

〝う～ん〟

と考えて、

〝わからない〟

と答える。でも、ボクにはぴーの言いたいことがわかるような気がしている。ボクは冷めかけたコーヒーをちびりちびり飲み、ぴーは冷めたミルクティーに口をつける。ボクたちの時間はそんなふうに過ぎていく。

我が家の犬はメスということもあるのだろうが、おとなしくて素直で人の心情がよくわかる。それと、吠えまくるわりには聞き上手でもあって、どんなことを話しても、人の話をジッと聞きながら、一生懸命にそれを理解しようとする。

どこまで理解しているのかわからないこともあるのだが、こちらが何か言っているときに、その真摯な目でジッと見つめられると何か心の中まで見透かされているようで、日々どこかやましい心根で生きるこの身としては身の置き所のない気分にさせられることがよくある。

そんなときはどうにも居心地が悪いのだが、しかし、もの言わぬときのその目に果てしない許容と献身の力を感じたりもするのだ。犬を愛する多くの人々と同じようにボクもその不思議な心の交流に惹かれているのだと思う。

※

今は遠い記憶の断片として心の隅に残るあの日、街外れの小さなペットショップで一人ボクたちを待っていたあの無愛想なネズミは、やがて、ボク達にとってかけがえのない存在になった。

そのネズミはやがて老い、最近は居眠りが多くなり、あまり喋らなくなった。眠るでもなく起きるでもなく一日ウトウトしている。浅い眠りから覚めるとふと目をあけ、そこに家族の姿を認めると安心したようにまた目を瞑る。そして、またウトウトが始まる。ウトウト、ウトウト、ウトウト……。

びーは、そんな穏やかな暮らしが続いたある秋の日の朝、そのウトウトから目覚めないまま永眠した。享年十六歳だった。静かな最期だった。

確か、この街に越してきた年に飼い始めたから、ボクらがこの街に住み始めてもう十六年が経ったことになる。結局、びーのほうが一足先に逝ったわけだが、ボクが逝くときは三途の川のこちら側の川岸まで迎えに来てくれることになっている。

つまり、ボクらはそういう約束をしている。約束は、勿論、犬語で交わした。

了

ティティ　―不思議と出会うところ―

十年ほど前、伊豆を旅した時にふと立ち寄ったその場所が、ボクにとって特別な場所になった。そこには何かがあると行き、何もなくても行き、ふと思い立っては行く。ざっと思い返してもずいぶん律儀に通っているのだ。

特に神だのみというわけではない。祈ることがあるわけでもない。だから、ご利益があるわけでもない。呼ぶものがいる。呼ばれるから足が向く。そんな感じだろうか。そして、後から思うとそんな時はたいてい新月だったことに気づく。何故か、月が隠れると足が向くのだ。

※

そこは、伊豆半島を縦断するローカル線の駅から、かれこれ二十分ほど歩いたところにある寂れた神社で、境内にはいつも人気がない。

駅の改札を出てから海を背にして山側に歩くと国道に出る。国道を左に折れ、しばらく歩いた先の信号を右に折れると、やがて、鮮やかな朱塗りの欄干が見える。

小さな橋が架かる水路に水はない。コンクリートで固められた堀とも小川ともいえない水路に架かる朱塗りの橋は目に鮮やかで、毒々しくて、その何処か悪趣味な違和感はあたりの閑静な住宅街にはまるでそぐわない。何か、見える世界と見えない世界の結界を思わせる。

結界をこえると道は右手の方向に大きく曲がる。その道をたどると朱塗りの鳥居が目に入り、そして、心の奥にとどく声が聞こえる。それは、

〝いらっしゃい〟

だったか、

〝よく来たね……〟

だったか、言葉は定かでない。でも、そんな意味のことだと思う。低いが男のものでも女のものでもないその声には包み込むような、何百年何千年と歳を経たものの響きがある。

幾重にも縒った太いしめ縄がかかる鳥居の下に立ち、石段の下から境内を見上げると、いつものあの感覚を感じ取ることができる。良いものとも悪いものとも決められない。全身に鳥肌が立つような、そこに立つものを怯ませるような、そんな感じ。ただ、それは繊細で、訪れるものを拒むものではない。そして、ボクは不思議の世界が近くなったことに気づく。

立ち止まり、目を閉じて心を澄ますと胸の奥にささやきかけるものの気配が強くなる。やがて、雷に打たれるときのような衝撃に五感が痺れる。一瞬意識が遠のき、心が未知の感覚に占領される。邪悪な感じはない。むしろ未知のエネルギーの奔流に身を任せるのは奇妙な安心感

がある。やがて、陽の射さない境内に足を踏み入れるとその感覚は遠くなる。境内は突き抜けるようにそびえる木々に遮られて暗い。

※

神社は古い。言い伝えによれば創建は平安初期とあるだけで、詳しい起源は誰も知らない。ただ、二人や三人では抱えきれないほど太く、まっすぐ沖天(ちゅうてん)にのびる木々の高さと深さと年輪が人の想像を超えた悠久の時を思わせる。

地を這う苔に覆われてビロードのように滑らかな境内に人気はない。境内の隅に建つ社務所にも人の気配はなく、精霊の宿る木々の間を縫うように上る石段が遥か上の社に向かって伸びている。

境内に風はない。不規則に重なる石段は鬱蒼と茂る木々に遮られて昼間でも暗く、しんと静まり返った石段の中腹にある手水舎では、小屋の桟に掛かるたくさんの手ぬぐいが強風に煽られる旗さしもののようになびいている。

ふと、

〝風はないのに〟

と思い、不思議の世界がまた近くなったことに気づく。

ゆっくりと石段を上り、手水舎のわきに立ち、手を清め、口をすすぐ。山から引いた水は冷たい。

※

石段を社まで上りきると不意の闖入者に驚いたトカゲが慌ててチョロチョロと走り出し、人気のない社の床下にもぐり込む。目を上げると、社の向こうには深い森がある。何処まで続いているのかわからない。日の光も届かない。そこは、ただ暗く深く湿っている。

ボクはポケットから取り出した小銭を正面の賽銭箱に投げ入れ、紐を引き、鈴を鳴らし、二拝二拍して手を合わせ、目を閉じると、ここに足を踏み入れてからずっと心の奥にささやきかけるものの気配を探した。

何かの気配にふと振り返ると白いものがすーっと目の端をよぎった。白い蝶が糸を引くように宙を飛んで、瞬く間にお社の裏に続く巨木の間に消える。痺れるようなあの感覚がまた強くなった。

お参りを終えて石段を一歩一歩下りると境内の隅の社務所のわきに出る。境内は静かで風はない。社務所の縁側に腰をおろしてお社を見上げると手水舎の桟に掛かった白い手ぬぐいが奇妙な揺れかたをしている。

〝凪はないのに……〟

とまた思い、

〝何か別のものが吹いている……〟

とも思う。視線を境内に戻し、膝の上で指を組み、目を瞑って心の奥にささやきかけるものの気配をまた探した。

長い時間座っていたように思う。ふと、心の奥に波立っていたものが凪いでいることに気づいて目を開けた。広い苔むした境内には白い蝶が舞っている。それは精霊か妖精のように速くて、優雅で、美しく、めまぐるしい。昆虫の蝶ではない。気配か、飛び方か、どことはいえないが違う。それは、何かの化身のように透明で実体がないのだ。

静かに立ちあがり境内を横切る。石段を背にしてふっと見上げると、聳える高木の枝を突き抜けたところに空がある。空は高木の枝の緑に囲われて抜けるように青く、そのずっと上の高みを蝶が舞っている。いや、滑空している。速い、あんな上空を蝶が飛ぶのかと思い、この世のものではないとまた思う。

鳥居の下に立つとあの痺れるような感覚がまたもどった。向き直って見上げると鬱蒼と聳える木々の間を縫うように上る石段が上の社まで続いている。社の奥は底知れぬほど暗く、深く、人の気配を静かに拒んでいる。土地のものの話ではこの辺りは昔から人がよく消えるという。山歩きで道を見失ったり、山菜採りで森の迷路に迷い込んだり……。

目を瞑り、遥か上の社に向かって手を合わせる。背後に微かな気配を感じて目を開け、後ろを振り向き、石段を下りはじめるとふっと人が現れた。

鳥居に続く石段の左の端を中年の女性が上ってくるのが見える。ボクは軽く会釈をし、女性も会釈を返し、ボクたちはそのまま言葉を交わさず通り過ぎた。階段を下り切ったところで振り返った。誰もいなかった。石段の下から境内を見渡し、お社に続く石段をなぞるように目で追った、が、女性の姿は消えていた。

ひどく不思議な気分になり、人はこんなふうに消えるのだろうか、とふと思い、それは月が消えたからに違いない、とまた思った。

了

ランブル坂の妖精

歩いているとまとわりつくものがある。ふと見ると白いものが浮いている。何だろう。足を止めてよく見ると、春に飛ぶタンポポの穂を小さくしたようなものがふわふわと漂っているのだ。

米粒大のそれは、空気中に漂うゴミのようでもあり、植物の種子のようでもあり、卵を抱えた昆虫のようでもあり、細い蜘蛛の糸に絡め捕られた虫の卵のようでもあり、小さくて、白くて、繭のように柔らかく見える。

繭のようなものは歩きはじめるとふわふわついてくる。歩き始めてまた足を止め、それをじっと眺める。足を止めるとその不思議なものもそこにじっと浮かんでいる。蜘蛛の糸は見えない。上に蜘蛛の糸に吊るような木の枝もない。どこかたどたどしく、危なっかしいその動きも蜘蛛の糸の絡めとられたものではない。それ自身が微妙にバランスを取りながら空中に漂っているように見える。

顔を近づけ、眼鏡を上げてまた眺める。小さすぎてよく見えない。裸眼でじっと目を凝らす。やはりよくわからない。そっと手をかざし、覆うように両の手のひらを近づける。それは逃げようとしない。ふと触れてみたい誘惑に駆られる。

両の手のひらを寄せ、息がかかるほど顔を近づける。華奢で、如何にも頼りなげなそれは触れただけでも壊れそうな気がする。やはり手を出さないほうがよいと思い、また、じっと眺める。

背中とおぼしきあたりにふと翅が見えた気がする。薄く透明な翅はとても小さい、羽ばたきが速すぎて翅が何枚なのかもわからない。もう一度目を凝らす。翅は薄く透明で、その羽ばたきは目にもとまらないほど速く、しかし、優雅で細やかなバイブレーションを刻んでいる。

秋の柔らかい陽の光に透かしてまたじっと眺める。虫ではないような気がする。気配か、飛び方か、どことはいえないが違う。それは何かの化身のように無垢で、美しく、実体がないのだ。そして、とりとめがない。何故かこの世のものではないと思う。もしかしてこれが妖精というものなのかもしれない、と、ふと思う。

秋の日の午後の淡い陽の光の中で消え入りそうに儚く、繊細で、何処か神秘的なその姿は、ただ無邪気に遊んでいるだけのもののようにも見え、しかし、何か意思を持ったもののようにも見える。そして、それはボクから離れようとしない。それは、まるで何かを伝えようとしているようにさえ思える。その姿はいつまで見ていても飽きない。このままずっと眺めていたいとも思う。

ふと、何かが囁いたような気がする。妖精の声なのだろうかと思い、心を澄ます。と、何か柔らかいものが心の奥に流れ込むのを感じる。温かいものが心の片隅を過り、やがて、胸が深い温もりに満たされる。と、坂の下から足音が聞こえ、ボクはふっと我に返った。

※

人がすれ違えるかすれ違えないかほどの道幅のランブル坂は下り始めてしばらくしたあたりでくの字に曲がり、その先は急角度で下っている。曲がり角のあたりは木々が生い茂り、その木々の梢が視界を遮って先は見通せない。しかし、急な坂を上るわりには軽やかなその足音は、多分、若い女性のものだろうと見当がつく。

何故か狼狽する。昼の日中、いい歳をしたおじさんが人気のない坂道の真ん中に突っ立って、何もないところをポカンと眺めている姿はやはりどこか怪しい。しかし、その軽やかな足音はどんどん近くなり、やがて、曲がり角までやってきた。困ったことになった。人気のない道で、突然、挙動不審のおじさんに遭遇したら若い女の子はどう思うだろうか、などと考える。

しかし、ボクの傍からは妖精が離れないのだ。その繊細な羽ばたきに揺れながら辛うじてバランスを保っているように見えるそれは何処か危なっかしい。ふっと目を離したとたんに陽炎のように消えてしまいそうな気がする。

やがて女性が姿を現した。鬱蒼と茂る雑木の陰から突然姿を見せた女性は長身でまだ若い。

一瞬目が合う。相手の顔にふと怪訝な表情が浮かぶ。ボクはまた狼狽し、何か言わなければと思う。

どうにも人はこんなときに本性が出てしまう。つまり、ボクはここぞというときに妙に人に気を遣うたちなのだ。だから、つい苦し紛れに、

「これは何だろうね……」

などと言う。女性はその硬い表情に露骨な警戒心を滲ませながら足を止め、ボクの指さすあたりにジッと目を凝らし、やがて、あまり抑揚のない声で、

「何も見えませんけど……」

と言った。

〝あれ……〟

と思って視線を戻すとあの不思議なものは消えている。慌ててあたりを見回すが、何処にもいない。女性は、その硬い表情を崩さずに、

「失礼します……」

と言ってその場を後にした。取り残されたボクは女性の後ろ姿を目で追った。そして、どうにも間の抜けたやりとりだったなどと思う。

消えたと思った妖精は、しかし、若い女性が行き過ぎるとまた姿を現した。そして、その後にもうひとつ姿を現した。二人、いや、二匹、いや、二つともボクに付かず離れず、ひとつは

ボクに寄り添うようにふわふわ漂い、ひとつは少し離れたところをふわふわ飛んでいる。

それからいくらも経たないうちに坂の下からまた足音が聞こえた。急坂を上る小刻みな足音はまた女性のものだろうと見当がついた。足音はやがて曲がり角のすぐ向こうに達し、そして、小柄な年配の女性が姿を現した。ふっと目が合った。今度は自然に言葉が出た。ボクの、

「これ何なんだろうね……」

という言葉に、一瞬、怪訝な表情を浮かべた女性は、

「え？……」

と言って立ち止まり、ボクの指さす方向に目をやると、

「あれ、何かいる……」

と言って目を凝らした。その途端、不思議なものはスーッと上に昇った。一瞬、心の奥にあの温かいものがふと甦ったように思った。しかし、それは夢の中の出来事のように儚く、現実から遠いもののように思えたから心の片隅をすっと過ってすっと消え、妖精も、やがて、ふっと見えなくなった。少し呆気ない気がした。ボクは独り言のように、

「あれ妖精だったのかもしれないね……」

と言った。年配の女性がふと顔を上げるのがわかった。

ボクはそのままランブル坂を下った。その背を追いかけるように、

「ありがとうございました……」

という女性の声が聞こえた。少し照れくさかった。
ボクは何も言わずに足を速め、急な坂道を一気に下った。そして、坂を下りきったところで立ち止まり、妖精は思いのほか小さいものだったな、などとふと思い、また、不思議な気分になった。

了

うみたなご

冬の日の江の島の磯、水温の下がる一月二月は磯の釣りものが薄い。厳寒の、それも曇天の日、いつもは観光客でにぎわう島の裏磯は寂しく釣り人の影もない。

昼前から午後の早い時間には磯場のあちこちにぽつりぽつりと見えていたカップルや家族連れの姿も、午後になり、空模様があやしくなるころには見えなくなった。

ふっと顔を上げるとボクは寒風が吹きつける磯にひとり立っている。周りにはもう誰もいない。足元の岩には波が打ちつけ、沖は暗くうねっている。ボクは水面に浮かぶ赤い丸ウキを見つめていた。もう何時間もアタリひとつない。

ふと心細くなったボクは磯場から石の階段に通じる帰りのルートを目で追い、人気のない磯を一渡り見回して少し迷い、結局、帰る決心がつかないままバックパックを置いたあたりを振り返った。

バックパックは打ち寄せる波をかぶらないよう一段高い岩の上に置いてある。ボクはバッカンに歩み寄り、そのポケットを探って指先に触れるワンカップを取り出した。ピン底のピンを抜くと中が温まる。

竿を置いて近くの岩に腰を下ろし、適度に温まった酒を口に含んだ。美味い、冷え切った身体が温まるのがわかった。磯場で酔いが回るときは一瞬フーッと気が遠くなるような心地よさがある。

やがて、竿を手にして立ち上がり、仕掛けを上げた。餌のオキアミはきれいに付いている。厳寒の磯には餌取りもいない。そろそろ納竿にするかどうかまた迷い、何となく決められずに替えのオキアミをつけてふり込んだ。

ふと、白いものに気づき暗い空を見上げた。上空に氷の結晶が舞っている。

〝雪だ……〟

と思う間もなく視界が一面の白に変わった。磯を洗う波の音が遠くなり、やがて、白く、冷たく、柔らかい氷の結晶にすっぽりと覆われた。そして、何も見えなくなった。

奇妙な感覚だった。何処か見知らぬ世界に迷い込んだような、異空間に閉じ込められたような、しかし、何かに守られているような、そんな感覚、でも、それはそれで心地いい。ずっとここにいたいとも思う。ボクは不思議な安心感に包まれていた。

目を凝らすと、白い世界の向こう側が見える。そこには手にした竿の竿先がある。沖は荒れてうねりが大きい。仕掛けを入れた場所は小さな入り江になっていてそこだけが静かに凪いでいる。暗い水面には、そして、ポツンと浮かぶ赤い玉ウキがある。

ボクはウキをジーッと見つめた。突然、純白の世界と暗い水面の境目に漂う一点の赤がクッ、と消し込んだ。少し間を置いて竿を立てた。心地よい引きがプルプルッと竿先を震わせる。一瞬の鋭い引きを竿で溜めて抜き上げた。金色に輝く小さな魚体が宙を舞った。

赤い魚体の小さな魚で、口が小さく、体側に星型の模様がある。形の良いウミタナゴだった。

結局、その日の釣果はその一尾で終わり、その日からボクはウミタナゴのファンになった。

了

堤防のシマダイ

釣りはフナに始まりフナに終わるという。人によってはハゼに始まりハゼに終わるともいう。キスに始まりキスに終わるという人もいる。ボクの始まりは何だったのだろうと思う。

釣りを始めたころは相模川でフナを釣った。馬入の河口でハゼも釣った。辻堂海岸でキスの投げ釣りもしたが、そのどれも、釣りの始まりとなるとどこか印象が薄い。その当時は買ったばかりのルアーロッドを手にして茅ヶ崎の堤防をうろうろしていたような気もするが、これもとりとめのない感じだ。

何をどう釣ってよいかわからないから、堤防の上段に這い上がり、道糸にジェット天秤と市販のキス仕掛けを結び、ジャリメをつけて投げるとピンギスや小さなメゴチが喰ってくる。コマセ入れにアミコマセを詰めて市販のサビキ仕掛けを垂らすと小イワシや小アジやシマイサキの小さいのが付いてくる。

当時の茅ヶ崎堤防は右と左の突堤の先に沖堤があって、左右の突堤と沖堤の間を船が出入りしていたから沖堤には歩いて渡れない。右側の突堤の外側は岩場になっていて根掛かりが多く釣りにならない。潮の関係か、実際、右の突堤で粘ってもあまり釣れないし、皆それを知っているから釣り人は左の突堤に集中する。

左右の突堤は上と下の二段になっている。下の段は渡し船や乗合船が係留する港内に面していて、釣り客や釣具を運ぶ車が走れるよう幅が広くフラットになっている。外海に面している上の段の幅は狭い。

下の段から上の段までは人間の背丈ほどのコンクリートの壁が急角度に登っていて、その壁面には大きな文字で釣り禁止と書いてある。誰が書いたのか、赤ペンキの下手な字でほとんどなぐり書きに近い。

コンクリートの壁には足がかりがないから、堤防の上段に登るときは下から勢いをつけて斜めに駆け上がる。上に登ると外側の海水面からはかなりの高さになる。幅二メートルほどの平らな部分が突堤の端まで続いていて、突端は頑丈な鉄枠の柵に仕切られ、堤防と沖堤の間の水路には竿が出せない。

沖堤の先に点在する平島群礁は相模湾でも有数のクロダイ釣り場になっていて、沖堤とその先の群礁や沖のエボシ岩には専門の渡し船が出ているが、わざわざ沖堤や沖の群礁に渡らなくても、堤防の内側、特に沖堤の下には良いサラシがあって、左側の突堤の先から沖堤に向けて仕掛けを投げると良い形のクロダイが釣れる。

それを知る釣り人は突堤の先に張りつき、何とか工夫をして鉄柵の上や隙間から竿を出す。皆、沖堤下のサラシに届くように仕掛けを投げるから何本もの道糸が船の航路をふさぐことになる。

沖堤とその先の群礁やエボシ岩への渡し船は日に何度も往復する、船釣りの乗合船も朝出船して昼から夕方にかけて帰港するから、この航路は一日中船が行き来する。ここから竿を出す釣り人は予め船が来ることがわかると大慌てでリールを巻くが、うっかりしていると気づかない。そうなると船が来てから巻いても間に合わない。

船頭も毎度のことでうんざりしているからいちいち速度を緩めることもないし、ましてや声を掛けることもない。釣り人や航路をふさぐ道糸のことなど眼中にないふうに通り過ぎるから、堤防の突端から沖堤下のポイントに張られた道糸は船の舳先に引っかかり、引きずられ、やがて、ぷっつりと切られて道糸は仕掛けごと持っていかれる。そんなわけで、この堤防の釣り人と乗合船の船頭たちの仲はすこぶる悪い。

堤防の下の段は広くて自転車や小型のバイクや、時には車も乗り入れることが出来るから、ずうずうしい釣り人は堤防の入り口に立つ乗り物禁止の立て看板にもかかわらず自転車やバイクを突堤の先まで乗り入れる。そして、これがまた地元の漁船や乗合船との悶着の種になる。

釣り人たちのマナーにも問題はあるが、漁師や船の船頭たちも渡し船や釣り船の客以外の釣り人に対してはひどく態度が悪い。特に、漁港の乗合船を束ねる魚漁長は歳のわりにひどく好戦的で、堤防の釣り人を天敵のように思っているらしく、いつも喧嘩腰で険悪な視線を左右に配り、その辺りで竿を出す連中とことあるごとに衝突する。

そんなこんなはあるが、左側の突堤、特に、その突端付近は茅ヶ崎堤防では一級の釣り場といっていい。だからいつも混んでいて、それも潮通しの良い突端から場所が埋まっていくから休日の場所取りは容易ではない。

何回か足を運ぶと、堤防の釣りでは場所取りが釣果を左右することがわかってくるから頑張って早起きをするが、皆同じことを考えているから、そうとう早く出かけたつもりでも堤防に着いたころには突端に近い釣り座はもう埋まっていて、だいぶ下がったところから竿を出す羽目になり、何か、ひどく損をした気分で一日を過ごすことになる。

※

この堤防の突端にいつも陣取っている釣り人の一団がいることに気づいたのはこの堤防に通い始めてしばらくしてからのことで、だいたい同じメンバーが同じ場所を占拠しているから何回か見ると顔を憶える。

皆、一様に寡黙であまり喋らない。コマセを撒いて魚を寄せるわけでもないし、魚が釣れたからといって大騒ぎするわけでもない。ただ無表情に黙々と釣っている。こちらも自分の釣りに夢中なので、離れたところから竿を出すその連中が何を釣っているのかはよくわからない。

その日、いつものように左側の突堤の中ほどで釣りをしていたボクは突端付近にいた釣り人の一人が早めに納竿するのを目にして少し迷った。その日は潮濁りが強く、朝まずめ（夜明け前の魚の釣れる確率の高い時間帯）と潮止まりが重なったこともあって喰いが悪い。朝から何も釣れていないのだ。どうも場所が良くない。

しばらく逡巡した挙句、結局、場所を変えることにして腰を上げ、椅子代わりのクーラーボックスと竿を抱えて釣り人の抜けた場所に釣り座を移した。新しい釣り座は堤防の突端からすぐのところで、ふと左右を見ると見覚えのある顔がある。いつの間にか、ボクは例の釣り人の一団に紛れて竿を出していた。

場所変えをしてしばらくすると、突然、右隣の釣り人の竿が大きくしなった。竿が満月に弧を描く。凄い引きだ。周りの釣り人が慌てて仕掛けを上げる。魚を掛けた釣り人の向こう隣の男がタモ（網）を取り出す。魚を掛けた当の釣り人は慣れた様子で腕をいっぱいに伸ばして竿を立て、強烈な魚の引きを竿でためると掛けた魚の頭を水面から出して空気を吸わせた。

タモ取りした魚は白と黒のきれいな縞模様で手のひらサイズを超えている。突然のやりとりをただ唖然と見ていたボクはその魚のサイズに驚いた。堤防周りで餌を漁る魚としては断トツに大きい。こんなところでこんなのが釣れるのかと思い、

「これ何ていう魚ですか……」

と聞いた。男は初心者丸出しのこの新入りを振り返りもせずに、

「シマダイだよ」

とだけ言い、手にしたカラス貝をナイフで器用にひらき、その身をハリ先に絡めて足下に投入する。口調はぶっきらぼうだが、良い形が釣れた後だけに気分は良さそうに見えた。

堤防周りにはこんな魚もいるのかと妙に感心したボクは見よう見まねで真似てみるが、餌が悪いのか、仕掛けが悪いのか、竿が悪いのか、はたまた腕が悪いのか、アタリひとつない。

右隣の男はこちらのそんな様子を見かねた様子で、

「シマダイやるの？」

と聞く。こちらはこんな魚が寄っているなら自分もあやかりたい程度の中途半端な気分でやっていることだから、

「はあ……」

と、どっちつかずの返事になった。男も、

「ふうん……」

と中途半端に頷き、

「その仕掛けじゃ釣れないよ……」

と言いながら、ナツメ型引き通し錘の下に連結具を結び、それにハリスとハリを結ぶミャク釣りを教えてくれた。口調は例のごとくぶっきらぼうだが説明はわかりやすい。

「これ、エサ……」

と言って、手元のカラス貝を何個か分けてくれ、

「開け方知ってる？」

と聞く。

「いや……」

と首を振ると、閉じた貝の片側からナイフの刃を入れて貝柱を切り、器用にクルッと剝いて身を取り出し、吸水管からハリ先を入れて腸を通して硬いベロの部分に抜いてみせ、

「こうすると餌持ちがいいんだよ」

と言いながら仕掛けを振り込み、空の殻を足下に投げた。言われた通り、二枚貝の片側からナイフの刃を入れ、貝柱を切ると貝は簡単に開いた。

最初はひどく無愛想で取っつきにくく思えた男も、話をしてみると思いの外親切で、棚の取り方や、アワセのタイミングなどを事細かに教えてくれる。潮のせいか、時合いのせいか、結局、その日は何も釣れずに終わったが、とにもかくにもボクのシマダイはそんなふうにして始まったのだ。

翌日、ボクは四・五メートルのチヌ竿を買った。磯竿としては短く、魚を掛けると胴にかかる軟らかい竿で、小型のベイトリールを装着すると高さのある堤防のヘチを狙うには扱いやすい組み合わせになった。

魚を掛けたあと利き腕で竿を扱えるようにリールは左ハンドルをセットし、ハリは金チヌの二号と三号、ハリの大きさに合わせてフロロカーボンのハリスを一号、一・五号、二号と揃え、

週末を待ちかねて堤防に出かけた。

　左側の突堤の突端に着くとシマダイ狙いの一団は揃っていた。どうやら、皆、暗いうちから釣り始めているらしく、バケツの中にはもう形の良いシマダイが何匹か泳いでいる。真新しい竿とリールを手にして寄っていくと、皆、自分の釣り座を少しずつずらして一人分のスペースを空けてくれる。どうやら、仲間としてもう認知されているらしい。

　一人の時はあれだけ大変だった場所取りも仲間がいると割り込むことが出来る。少々行くのが遅くなっても割り込んでしまえば良い場所で釣らせてもらえる。この特典には魅力があった。やはり、堤防では仲間がいたほうがいい。

　ボクは先週シマダイを上げた男の隣に釣り座を構えた。男はホリさんと呼ばれている。本名はわからない。その日、ボクはホリさんの隣で竿を出し、その手ほどきを受け、そして、シマダイの最初の一尾を釣った。

※

　シマダイはイシダイの稚魚で、夏場は群れて堤防や磯周りで餌を漁り、やがて、イシダイに成長する。

　水温の上がる初夏から夏場にかけて乗っ込む（産卵期に沖から浅場に入ってくること）シマ

ダイは鮮明な縞模様をしていて、堤防や地磯では水温の上がる七月頃から秋口まで釣れる。中型のサイズに成長したシマダイは、秋、水温が下がると深場に落ち、成長とともに鮮やかな縞模様も黒ずんで鮮明でなくなり、やがて、クチグロと呼ばれるイシダイの成魚に成長して磯釣りの格好のターゲットになる。

この時期堤防で狙えるサイズは、丁度、堤防周りに群れるシマダイとイシダイの中間のサイズで、この季節の堤防釣りではそのくらいのサイズが良い形ということになる。

シマダイの餌は堤防の壁面に群生するカラス貝か岩イソメを使う。カラス貝は潮の引いているときを見はからって堤防の壁面からこそげとるが、潮が満ちていて採れないときは漁港の入り口で釣り餌を扱っている船宿兼釣餌店に一山いくらで売っている。岩イソメもその船宿から買うが、量のわりに高いので大抵の釣り人はカラス貝を使う。

しかし、シマダイを始めたばかりのボクにはその採り方がわからない。毎回ホリさんから貰うのも気が引けるので、その日は船宿兼釣餌店の女将に勧められるまま岩イソメを買った。女将の言う通り、身の軟らかいカラス貝より岩イソメのほうが扱いは良い。ボクはその岩イソメでその日最初の一尾を釣り、そして、それからはまず岩イソメから始めるのがボク流になった。

餌は日並みによってどちらの喰いがいいかわからないから、その時々で選べるように岩イソメとカラス貝の両方を持ち、その日の釣況を見ながら交互に使う。

岩イソメはハリに通しやすく餌持ちも良い。小型のシマダイがよく喰うから数釣りには良いが、良い形のシマダイは狙いにくい。カラス貝は良い形が狙えるが身が軟らかいので餌持ちが悪い。だから、どうしても打ち返しが多くなる。形狙いやシマダイが寄っているときはいいがジャミ（小魚）が多いと始末におえないから、取りあえずは、まず岩イソメで釣り始める。

いつもカラス貝しか持たないホリさんは、大型のシマダイを狙うにはカラス貝だと言う。安直に買えて、小型のシマダイばかり掛かる岩イソメをシマダイ釣りの邪道か贅沢品だとでも考えているらしく、ボクが持ち込んだパック入りの岩イソメを斜め上から一瞥すると、

「またコマいのを釣ろうとしてるな」

と言い、

「まっ、その餌なら素人でも釣れるしな」

と見下したように呟くと、手にしたナイフでカラス貝を開き、縫うようにハリに通して打ち返す。そういえば、ホリさんがムシエサを使っているのを見たことがない。だいたい、ホリさんにワンパック千円の岩イソメは似合わない。

身の軟らかいカラス貝は喰いつきがいいから振り込むとすぐに竿先に反応が出る。ジャミが寄ると竿先がクン、クン、と振れて餌がつつかれているのがわかる。シマダイが寄るとそれがククッ、ククッ、という感じの前アタリに変わるが、大抵はその前アタリだけでなかなか喰い込まない。

竿先の反応がなくなるのを待って仕掛けを上げるとカラス貝の身はきれいに取られている。餌を付け替えてまた打ち返す。次もハリ掛かりしないまま打ち返す。堤防のシマダイ釣りは釣れても釣れなくても日がな一日それを繰り返す、朝から晩まで延々と続く餌取りとの格闘なのだ。

そんなわけで、とにかくホリさんはカラス貝しか使わない。潮の関係で全く魚の寄らないときやパタッとアタリの止まったときは、

「貝殻はシマダイを寄せるから」

と言って、縫い刺しにした貝の身に二枚貝の片方の殻をつけたまま打ち返し、

「まっ、これもお魚さんとのだまし合いだから……」

と独り言のように言いながら妙に楽しそうにクックックッと笑う。

薄汚れた布製の折りたたみ椅子に座るホリさんは堤防の内壁からこそげとったカラス貝を足の間に山に積み、その半分ほどは付け餌にし、残りの貝を少しずつ叩き割って足下にコマセる（撒き餌にする）。

カラス貝をコマセるとシマダイが寄り、竿先の反応がジャミのものではなくなる。ククッ、ククッ、と振れる竿先に、時々、グンと引きこまれるようなアタリが雑じるのでシマダイが寄ったとわかる。

シマダイが寄ると、コマセた本人の竿先に変化が現れ、やがて、その周りの竿にも反応が出

始める。皆、そんなアタリが出ると気合いが入り、背筋が伸びて目つきが変わり、打ち返しの間隔も短くなる。

※

シマダイのアワセは遅い。所謂、向こうアワセというやつだ。シマダイが寄ると竿先をクックッ、ククッ、と震わせるような前アタリが続くが、そこでアワセると掛からない。ジーッと我慢して、やがて、グンッと竿ごと引き込むようなアタリから一呼吸置いてアワセる。大アワセはせず、小さくシャープにアワセる。

一旦、中型のシマダイを掛けるとその引きはすごい。一瞬、竿がのされるほどの強烈な引きですぐにシマダイだとわかる。竿が手元からしなって、竿を立てることができないほどのもの凄い引きが手元に伝わる。軟らかい竿だと竿先が海中に突っ込む。

潮も時合いも良いのに、餌取りの気配がなくなり、竿先を震わせるような前アタリが遠のいたときは大物が寄っていると考えていい。皆、同じことを考えているから、そんなときは横一線に竿を並べてジッと待つ、と、誰かの竿にデカいのが掛かる。

たまたま幸運に恵まれた誰かの竿が満月にしなると周りの者は皆仕掛けを上げ、ある者はタモを取り出し、他のものは固唾をのんでそのやり取りを見守る。やり取りの最中にハリスが切れたり、ハリが外れたりすると、逃した者は一日中悔しがり、愚痴混じりの話が出るたびに逃した魚のサイズは大きくなっていく。

壮絶なやり取りの末に良い形を上げたときは、内心はともかく、皆、大声でその健闘をたたえ、釣りあげた者は即席のヒーローになる。普段はどう間違っても注目されることなどない連中だから、口先だけにしても持ち上げられるとうれしい。他にこれといった話題もないから、上げた獲物がそこそこの形ならその日いっぱい、形が良い時は二〜三日、時には翌週までその話が出て良い気分にさせてもらえる。

その夏、ボクらはその堤防で毎週のように顔を合わせた。休みに入ると連日のように顔を合わせるのだが互いの名前も知らない。互いにホリさん、スギさんと呼び合うだけで住んでいるところも仕事もわからない。相手のことは何も知らないのに変な仲間意識があって、こと釣りのことになると妙に結束が固い。

グループのリーダー格はホリさんだった。無口だから何を話すわけでもないし、別に誰がホリさんをリーダーと決めたわけでもないのだが、何となく彼がいないとその一団が成り立たない。

釣り人の殆どがそうであるようにホリさんも口が重い。何か言う時は独り言のようにものを言う。それも、口の中でモゴモゴ言うからひどく聞き取りにくく、言うことの半分は聞きとれないのだが、聞き返すのも面倒だから、ボクも含めて、皆、だいたいこんなことを言っているのだろうといった程度で納得してしまう。取りあえずは、それでも会話は成立するし、いつも話の中心にいるのはホリさんだったし、何よりも皆ホリさんのことが好きだった。

シマダイは喰っても昼までで、午後は釣れない。特に、夕まずめを過ぎるとまったく喰わない。昼を過ぎたあたりになると誰かが、

「しかし釣れねえなぁ……」

とぼやく。ホリさんが、

「シマダイは昼を過ぎると釣れないんだよな」

と言う。例のごとくボクに向かって言ってるのか独り言なのかよくわからないから、

「ふうん……」

と生返事を返すと、また、

「この釣りはじめてから昼過ぎてデカいの釣ったことないもんな……」

と言う。ボクはまた、

「ふうん……」

と頷いて時計をのぞく。もう二時を回っている。誰かが、

「今日はもう駄目だな……」

と言う。皆、同じことを考えている。でも、誰も竿を仕舞おうとしない。一様に押し黙ったまま竿先に視線を走らせている。釣れないとわかっていても、もしかして、万が一にでもある

かもしれない竿先の反応から目を離すことが出来ないのだ。

結局、その日も日が暮れて竿先が見えなくなるまで長短の竿が皆同じ方向を向いて並ぶことになる。考えてみると、確かに昼を過ぎてから一尾も釣れていない。

※

シマダイの道具立ては人それぞれでこれといって決まったものはない。のべ竿にこだわるホリさんは磯竿を使わない。いつも五・四メートルの硬調の渓流竿を使う。のべ竿とリール竿では釣り味が違うのだそうだが、海でののべ竿を使わないボクにはそれがわからない。

五・四メートルののべ竿では堤防のヘチは狙いにくいし、リールがないと道糸の長さが変えられないから探る棚の範囲も限られる。当然、その分喰う確率は低い。それに、リールを使わない釣りではドラグが使えない。掛けたら竿一本のやり取りになるから、大きなものを掛けるとハリがすっぽ抜けたりハリスごと切られることもある。それでもホリさんは頑固にのべ竿にこだわる。

スギさんは二号の磯竿を使う。一時代前のグラス竿だからごつくて、頑丈で、如何にも扱いにくそうに見える。二号の磯竿となると穂先も硬いからアタリもとりにくいし、シマダイが餌をつついてもなかなか喰い込まない。長さも五・四メートルはあるからなかなか堤防のヘチが狙えず、実際、あまり数は釣れない。

ボクは頭脳派だから軟調のチヌ竿、四・五メートルに左ハンドルのベイトリールをセットして理想の組み合わせだと思っている。

チヌ竿は穂先が軟らかいから喰い込みがいい。魚を掛けると胴にかかるから釣り味が良くてバラシも少ない。左ハンドルだからやり取りの際は効き腕で竿が扱え、短いから堤防のヘチも狙える。少なくともこの連中の中では一番賢いと一人ほくそ笑んでいる。

何れにしても、それぞれの道具立てにはそれぞれの好みや理由があるらしく、皆、自分の道具立てにはこだわりを持っていて、頑固なのか、学習しないのか、それとも、ただ頭が悪いのか、誰もそれを変えようとしない。釣れる釣れないは別として、とにかく、皆、自分の釣り方が一番だと思い込んでいる。

スギさんは竿のほかに長尺のタモを持ってくる。普段は持ち運びに手ごろな長さのタモは柄の先の止めを外すとスライドして五メートルほどに伸びるから、潮が引いても高い堤防から海面まで届く長さになる。

堤防の何処かで誰かが掛ける、竿のしなり具合で獲物の大きさがわかるから、大きいとみるとタモを抱えて駆けつける。掛けた魚が何であれとにかく駆けつけ、獲物がボラやサバだと見向きもせずに引き返し、クロダイやシマダイだとしっかり取り込んでボクらにその魚種やサイズを事細かに報告する。

皆、スギさんのタモをあてにしているから自分ではタモを担いでこない。いつの間にか堤防のタモ担当になってしまったのだが、スギさんもその役回りに不足はない様子で、仲間の誰かが魚を掛けた時のタモ取りは自分の役目と思っている。

※

トオルという少年がいる。歳のころ小学校の中高学年といったところで、初めのころは同じ年頃の友達仲間何人かと群れていたが、そのうち一人で姿を見せるようになり、やがて、堤防の突端に陣取るボクらの一団から離れなくなった。裸足で堤防を駆け回り、堤防のどこかで竿がしなるとすっ飛んで行ってはどこどこで何が釣れたと事細かに報告する。

竿を持たせれば子供にしてはなかなかのもので、仕草や釣りのセンスやその勘の良さが当時流行りのコミックに出てくる〝釣りキチ三平〟に似ているものだから、皆、トオルが顔を出すと釣りキチ三平、釣りキチ三平と言ってからかう。

当人はそんなことも意に介さずボクら常連の誰かを見ると如何にも人なつっこい表情を浮かべ、うれしそうな顔をして寄ってくる。特に、子供好きのスギさんは事あるごとにトオル、トオルと言って可愛がる。ボクらの周りを裸足で駆け回るトオルに、

「おい、トオル、ここ空いてるぞ……」

と言って自分の隣を指差す。トオルはうれしそうにスギさんの脇に腰を下ろし、その釣りを飽きもせず眺める。スギさんもその竿先に反応が出ると、

「ほら、アタリだ」

と言って、トオルに竿を預ける。トオルは重い竿を器用に操って獲物を取り込む。もともとセンスが良いから覚えも早い。竿さばきは巧みで、そんなことを繰り返しているうちすぐにベテランなみの腕前になった。

最初は堤防のあちこちに出没していたトオルは、やがて、ボクらの前に姿を現すとすぐにスギさんの隣にもぐり込むようになり、来ると足を堤防の海側に投げ出してチョコンと座る。スギさんは傍らのトオルに竿を渡すと、

「ちょっと小便してくる」

と言って釣り座を外す。

身体の小さな子供が長尺の磯竿を抱えると、子供が竿を持っているのか竿が子供を持っているのかわからない。しかし、とにかくトオルもボクらの列に加わり、そのごつい竿にしがみつくようにしてシマダイを狙い、その長い竿を自在に扱って器用に魚を掛ける。

しばらくするとその二号の磯竿はいつの間にかトオルの竿になっていた。どんな経緯なのかはわからないが、とにかく長年使い込まれたスギさんの磯竿はトオルのものになり、トオルは自分のものになったグラス竿を如何にもうれしそうに抱えて堤防に来るようになった。

一方のスギさんは竿を新調したが、真新しい竿は以前とたいして変わりばえのしない二号のグラス竿で、ごつくて、頑丈で、如何にも扱いにくそうな竿だったから、スギさんとトオルが肩を並べると同じような竿が二つ並ぶ。それでも、トオルは器用に魚を掛ける。釣る魚の数もスギさんより断然多い。

初めはスギさんの役目だったタモ取りも、そのうち、トオルがスギさんのタモを担いで堤防を走り回るようになった。

堤防の何処かから、

「お～い、タモタモ」

という声が聞こえるとトオルがタモを抱えて堤防を右往左往する。

喰いの立つ朝まずめや夕まずめにアジが寄ったりすると、トオルは自分の背丈より長いタモを抱えてその辺りを駆けずり回ることになるのだが、生来の勘の良さからか、トオルのタモ取りもなかなかのもので、なまじ素人が扱うより巧い。

堤防のこっち側で掛けた魚をすくっていると、向こうのほうから、

「トオル、こっちこっち」

というスギさんの声が聞こえる。ボクはそんな騒ぎを背中で聞きながら竿先の反応がジャミのものからシマダイのものに変わるのをジッと待っている。

今となるとあの頃の心情はよく思い出せないが、とにかく、シマダイはボクらにとって特別

な魚だった。

　堤防の裾のほうでコマセ入れにアミコマセを詰め、キャーキャーと派手な奇声を上げながら釣りをしている家族連れのサビキにたまたまシマダイが掛かっても、ボクらにとって、それは本命のシマダイではないのだ。ボクらにとってのシマダイはそんな安直に釣らせてもらえるものではない。もっと、気難しく、高度な技術と忍耐を要するターゲットなのだと皆心の中で思っている。

　その年は左側の突堤の海側に消波用のテトラポットが敷設され始めた年で、突堤の中ほどにはその一部がもう敷設され、そのテトラポットが入ってから半年ほど経つとその辺りはクロダイの寄る良いポイントになった。

　それを知ってか知らずか、そこら辺りで竿を出す釣り人の中には良い形のクロダイを掛ける人がいる。しかし、たまたま釣りに来ていたビギナーが突然竿を満月にしならせて、

「タモ、タモ」

　と騒ぎながら三十センチ級のクロダイを上げるのを見てもあまり羨ましいとは思わない。ボクらの狙いは良形のシマダイで、それは、昨日今日釣りを始めたそんじょそこらの素人にたまたま釣れるような魚ではないのだから。

※

夏、堤防周りで群れていたシマダイは、秋、水温が下がると深場に落ちる。だから、冬になるとシマダイは釣れない。しかたがないから、皆、休みの日は竿を出さずに堤防をぶらぶらしたり、沖アミや海苔餌でメジナを釣りながら次のシーズンを待つ。

冬の間はパッタリと顔を見せなかった者も四月頃になると堤防に顔を出す。陸はそろそろ春めいて温かくなっても、海の中は陸の一カ月遅れだから水温はまだ冷たい。しかし、グループの誰かと顔を合わせるとシマダイの話になる。誰かが期待交じりに、

「連休あたりにはそろそろ出るかもよ」

などと言うと、皆、その気になって、

「じゃ、そろそろ始めるか」

といった話になる。普段互いに連絡を取り合っているわけでもないのに、そういった話になると意思の疎通は妙にスムースで物事が決まるのも早い。そんなわけでその年のシマダイはゴールデンウィークの初日から始まった。

五月連休の初日はまだ暗いうちに起き出して海沿いのサイクリングロードを走った。ボクの家から茅ヶ崎堤防までは自転車で十五分くらいの距離になる。早春の朝の風はまだ冷たい。

堤防の入り口にある船宿兼餌屋に寄って岩イソメを買い、堤防の突端まで行くともう見慣れた顔が並んでいる。ボクは堤防の突端寄りに釣り座を構え、早速仕掛けの準備を始めた。最初の一投を投入する。潮濁りが強く、水温も低い。隣にはトオルがいる。あまり釣れる感じはし

ないが、久しぶりに皆の顔が揃うと何故かうれしい。

その日は昼過ぎまで粘ったが、結局、シマダイのアタリはなかった。が、取りあえず竿を出したことで満足したのか、皆の表情は明るい。だいたい五月初めに堤防周りでシマダイを狙うことが無茶なのだが、皆、当然のことのように明日もまた来ると言う。

次の日は雨模様になった。空はどんよりと曇っていたがポンチョを用意して出かけた。堤防には皆揃っていた。海は凪いでいたが、仕掛けが準備出来たあたりで霧のような雨が降り始めた。

五月初めの雨だから濡れると寒い。雨具と防寒を兼ねてポンチョを着込むと幾分温かくなった。ポンチョの前の合わせ目から手を出して竿尻を握り、竿先だけを海に向ける。剝き出しの手が冷たく濡れて指がかじかむ。

堤防の突端では三人連れの釣り人たちが竿を出していた。その中の一人がボクを見ると挨拶し、しきりと話しかけてくる。こちらには憶えがないのだが、妙に親しく話しかけてくるところを見ると顔見知りか何からしい。

以前、この堤防か何処か他の釣り場で顔を合わせたか言葉を交わしたか、まあ、そんなところだろうと思って挨拶を返し、二言三言言葉を交わした。三人とも昨夜からの徹夜組らしく寝不足の目を赤く腫らしている。男は、

「しかし、釣れないですねぇ……」

とボヤいた。一晩粘ったが何も釣れないという。しばらくは堤防の突端で竿を出していたが、やがて、諦めたように帰り支度を始めると、

「じゃ、ボクらこれで上がりますから」

と言って、場所を空け、ボクらの誰にともなく、

「コマセ要りますか」

と言った。シマダイ狙いのポイントにアミコマセを撒いても餌取りのジャミを寄せるだけだから、皆無言で答えない。人の良さそうな男は、

「じゃ、ボク撒きますから……」

と言うと、

「ほうれ……魚寄ってこい」

と唄うように言いながらコマセバケツから掬ったアミコマセを海に撒き、

「ほうれ……魚こい」

と言ってまた撒いた。

誰も何も言わない。ありがとうとも言わない。一瞥だにしない。皆、雨と寒さで機嫌が悪いのだ。何となく機先を削がれた感じの男は、ようやく場違いなことをしたと悟ったらしく、バツの悪そうな顔をして消えた。

結局、その日シマダイのアタリはなかった。まだ水温の上がらない五月にシマダイは早い。

冷たい雨に濡れながら喰うはずのない魚のアタリをじっと待つのは人をストイックにさせる。その日、ボクは苦行者の気分になっていた。

翌日は晴れた。別に早起き競争をしているわけではないのだが、仲間内ではスギさんが断トツに早い。その日もスギさんは一番乗りで元気だ。朝は最近堤防の入り口に出来た二十四時間営業のファミレスの朝食メニューを食べてきたのだと言う。スギさん曰く、値段の割にボリュームも味も抜群だと力説する。

スギさんは食い物に弱い。味はともかく、量には妙にさもしいところがあるから、その朝食メニューの圧倒的な量には余程感動したのだろう。何か、そのファミレスの広報担当にでもなったかのように宣伝に努めるものだから、皆、何となく食べてみる気になり、翌朝は五時にそのファミレスの前で待ち合わせということになった。

翌朝四時過ぎに起きると外はまだ暗かった。自転車をとばしてそのファミレスの前に着くとホリさんとスギさんが待っている。まだ、朝も暗いうちに顔を合わせるのは何となく妙な気分で、そういえば、ボクらが堤防以外で顔を合わせるのはそれが初めてだということに思い当たった。

早朝の店内は空いていた。店に入ったボクらは揃ってカウンター席に座り、スギさんお薦めのパンケーキセットを頼んだ。確かにその店の朝食メニューはボリューム満点で、量の割にひどく安いが、意地汚く平らげると昼ごろまで胃がもたれる。が、それを美味い美味いと言って食べると自分の店でもないのにスギさんがうれしそうな顔をする。

そんなわけで、その日からそのファミレスの朝の特大パンケーキセットはボクらのお気に入りメニューになり、言いだしっぺのスギさんは毎朝のようにパンケーキセットを食してから堤防に顔を出すようになった。

そんなこんなでゴールデンウィークは明けた。結局、その年の連休にシマダイのアタリはなかった。

※

梅雨が明けると堤防周りにはシマダイやイシガキダイの幼魚が群れる。まだ形は小さいが仕掛けを振り込むとあの特有のアタリと鋭い引きを楽しませてくれる季節になった。そんなある日のこと、並べて竿を出していたスギさんが、

「だいぶ前、この堤防にはヌシみたいな人がいてさ、シマダイはその人が始めて、皆、その人から教えてもらったんだよな……」

と言いだした。話の前後はよく憶えていない。どうしてそんな話になったのかも憶えていないのだが、とにかく、そのヌシは山崎という名で、竿はシマノ、リールはアンバサダー、トヨタのランドクルーザーに乗って黒のドーベルマンを連れているのだという。スギさんは、

「とにかく格好いいんだよ、劇画から抜け出てきたみたいでさ」

と力説し、子供のように目を輝かせる。

一級品の釣具を持って、黒の四駆に乗り、ドーベルマンを連れている逞しい中年男がスギさんの憧れのヒーローになる所以はわからないでもないのだが、何れにしても、その山崎というヌシはスギさんにとって釣った釣らないとは少しレベルの違う人らしい。つまり、ある種恒久的なヒーローと言える存在らしいのだ。

唐突なヒーローの出現にあまり実感の伴わないボクは、ほとんど上の空で、

「ふうん……」

と曖昧に頷く。スギさんは、

「あの人、最近来ないけど、そのうち顔を見せるかもな……」

などと、予言めいたことを言いながら仕掛けを上げ、カラバリに餌を付けて打ち返した。

お盆休みで休日が重なったある日の夕方、大胆にも堤防の突端まで車を乗りつけた者がいる。車はトヨタのランドクルーザーだった。自転車や五十ccのバイクならまだともかく、入り口に一般車乗り入れ禁止の標識が立つ堤防の先まで車を乗り入れる者はあまりいない。

やがて、派手に登場した車の中から妙に声の大きな男が降りてきた。隣で竿を出していたスギさんが、

「あっ、山崎さんだ！……」

と叫び、手にしていた竿を足元に放り出して上の段から滑り降りた。その隣で竿を出していたトオルも釣られるように駆け下りる。

突然、降って湧いたように現れた黒塗りのランドクルーザーはたまたまその辺りで竿を出していた釣り人たちに囲まれ、一旦、人垣が出来ると皆釣られたようにその周りに集まり、いつの間にかボクだけが堤防の上に取り残された感じになった。

スギさん曰く〝劇画から抜け出たような〟というそのヒーローを一目見てみたいと思ったボクは堤防の上から身を乗り出すようにして覗き込んだが、日が落ちて薄暗いのと、車に寄った釣り人たちの人垣が邪魔で顔が見えない。

噂のドーベルマンも車の中にいるらしくよく見えない、が、派手に登場したヒーローと馴染みの釣り人たちとのやり取りだけは聞こえる。

「ここんとこちっとも顔見せねえじゃんかよ」

と誰かが言う。

「こっちはぜんぜん釣れねえからよ」

とヒーローが応える。

「最近釣りやってんの？」

と誰かが言う。

「ここんとこずっと熱海だよ、あっちは釣れてるよ」

と、またヒーローが応える。

突然現れた堤防のヒーローは昔の釣り仲間とひとしきり騒ぎ、釣り師同士の社交辞令を交わすと竿を出さずにスッと帰った。大きなランドクルーザーが派手な排気音を立てて走り去ると突然静かになった。

辺りはとっぷりと日が暮れてすっかり暗い。静寂が戻ると、皆、何事もなかったかのように釣り座にもどり、ボクは帰り支度を始めた。その日は形のいいシマダイを三尾上げていた。

翌日、いつものように竿を並べる仲間内の話題はもっぱら熱海になった。スギさんが、

「熱海は釣れるよ、魚もデカいし……」

と言うと、誰の胸の内にもまだ行ったことのない釣り場への期待が膨らむ。

堤防釣りのヒーローが通うくらいだから、大きな魚がバタバタと釣れるに違いない。誰もがそんな妄想に駆られてすっかりその気になり、やがて、話はエスカレートし、結局、ボクらも熱海まで遠征しようということになった。

スギさんはこの話に大いに乗り気で何時になくテキパキと話を進める。そのうち、万事スギさんのペースになり、結局、来週末の早朝に茅ヶ崎堤防の駐車場に集合と決まった。トオルは脇でその話をじっと聞いている。スギさんが、

「トオル、お前も行くか……」

と声をかけると、それまで何も言わなかったトオルは目を輝かせ、うれしそうな顔で大きく

頷く。

結局、トオルも連れていくことになり、当日は皆でホリさんの車に同乗することになった。スギさんとホリさんとボクは緊急のときの連絡用に互いの電話番号を教え合った。そして、それまで互いの電話番号も知らなかったのだということに、その時初めて気がついた。

翌週は台風になった。前の晩からテレビの前に釘付けで天気予報を見ていたが、雨風が強くて釣りどころではない。夜遅くホリさんから連絡があって熱海行きは延期になり、結局、その日は一日台風に振り回された感じになった。

次の日は仕掛けを作って過ごした。釣り好きにとっては雨の日の仕掛けづくりもそれなりの楽しみのひとつなのだ。次の釣行に想いを馳せながら釣具を広げ、釣り場に立ったときのあれやこれやを思い描きながらハリを選び、ハリスを選び、連結具を選び、出来あがった仕掛けを予め用意した仕掛け巻きに巻いていく。

釣り場に入ってからこれをやるとずいぶんと時間を取られる。仕掛けに手間取って竿を出す時間が短くなると釣果にも差が出るから家でできることはやっておく。ボクにとっての釣行はもう始まっているのだ。

次の日は台風一過よく晴れた。が、波はまだ高い。何となく前日の気分を引きずっていたボクは竿を抱えて堤防に出かける気がしない。結局、その日も仕掛けを作って過ごした。

その日の夕方電話があった、受話器を取った家内は初めて聞く名前に怪訝な表情を浮かべな

がら、

「電話ですよ、杉田さんという方ですって」

と言って取り次いだ。とっさに誰からの電話かわからず、

「杉田……」

と言いながら受話器を取ると、

「あのぉ……杉田です……あの……茅ヶ崎堤防の……」

という声が聞こえた。ようやくスギさんだと思い当たったボクは、

「はあ、あの、どうしたんですか……」

と聞いた。スギさんは少し口ごもると、何か言いにくそうに、

「いやあ、ちょっと嫌なことがあってさあ」

と言葉を濁し、少し間を置いてから、

「今、お宅の近くにいるんだけどちょっと寄らしてもらってもいいかな」

と言う。すぐ近くから電話しているらしい。妙に遠慮がちなその口調に戸惑いながら、スギさんが家に来るなどとずいぶん珍しいことを言いだすものだと思い、

「どうぞ、どうぞ……」

と言って道順を教えた。

受話器を置いて釣具を片付けていると玄関のチャイムが鳴り、ドアを開けるとスギさんが

立っていた。潮風に擦り切れたようなジャンパーを羽織っている。釣行帰りらしいが、堤防以外の場所で会うスギさんは何となく印象が違った。取りあえず上がってもらい、

「今日の堤防はどうでした？」

と聞いた。確か、

「台風一過でよく釣れた……」

といったような答えだったと思うが、何処となく元気がない。憂鬱そうで、口調に覇気がなく、言うことも歯切れが悪い。

いつも海で顔を合わせているせいか、インドアで、それも自分の家で釣り仲間と会うのは何となく勝手が違う。互いが互いの印象の違いに戸惑ってすんなりと言葉が出てこない。ぽつりぽつりと言葉を交わすが後が続かない。

互いに違和感を感じながら話をしているうち、堤防ではそれほど多くの言葉を交わしていなかったということに気がついた。そういえば、釣り場では面と向かって言葉を交わすことなどないのだ。

それにしても、今日のスギさんにはいつもの快活さがない。妙に落ち込んだ様子だし、一体何の用だろうと思っていると、

「実はさ……」

と口を開いた。

「やり合っちゃってさ……」

と言う。いつもと比べてずいぶんと低い声のトーンがまた下がった。口調が重い。

「え？……」

と聞き返すと、ひどく言いにくそうに、

「あの魚漁長とやり合っちゃったんだよ」

と言う。しかし、どうも要領を得ない。話が断片的で要点が掴めないから、実際に何が起きたのかがさっぱりわからないのだが、ぽつりぽつりと話す筋をたどるうちにだんだん様子が呑み込めてきた。

事の起こりは堤防の隅に悪気なく止めておいたスギさんの自転車を魚漁長がこっぴどく咎めたことから始まったらしい。血の気の多い魚漁長がその自転車を蹴飛ばしたことでスギさんがブチキレたらしいのだ。互いに手こそ出さなかったもののそうとう派手なやり取りだったらしい。

いつも温厚なスギさんにしては珍しいこともあるものだと思った。実際、あの穏やかなスギさんが派手に喧嘩したというのだから余程のことだったには違いないのだが、しかし、相手が悪い。

あの老人はもういい歳なのに練れたところが無く、ひどく粗暴で、好戦的で、堤防の釣り人相手にいつも喧嘩の種を探しているような男だから、互いに退かなければそうとう激しいやり取りになったであろうことは想像がついた。

スギさんは心の優しい人だから無暗な争いごとには自分も傷ついたのだろう。穏やかな人だから喧嘩や感情的になった後はひどい自責の念に囚われているに違いない。派手な喧嘩のあと気持ちの整理がつかないまま、やり場のない怒りと後悔を上手く消化出来ず、たまたま近くに住んでいた釣り仲間を訪ねたというのが事の真相なのだろう。

話が要領を得ないから細かい事情まではわからないが、大雑把に何があったのかだけはわかった。ただ、相手があるだけに取って付けたような慰めや励ましの言葉は見つからない。下手に何か言っても嘘になる。

スギさんは、もう、あの場所で釣りは出来ないのではないかといった意味のことを言う。ボクはあまり気にし過ぎない方がいいというようなことを言ったと思うが、その言葉に確信はなかった。

その後はあまり内容のないことを時間をかけて話したが何となく噛み合わない。しかし、そんなこんなしているうちに時間が過ぎ、ひどく落ち込んでいたスギさんの気分も少しずつ持ち直してきたらしい。

話題が喧嘩の話から逸れて釣り談義に移る頃にはスギさんも笑顔を見せるようになり、やがて、トオルの話になった。スギさんは、

「あいつは父親がいないんだよ、母一人子一人の母子家庭でさ……」

と言い、

「釣りをしてるといろんな子供たちと会うけどさ、ああやって釣り場に来る子供たちは皆何故かああいうふうに家に問題のあるヤツばかりなんだよな……」

と言って首をかしげ、

「どういうわけなんだろうな……」

と、一人また呟いた。

ボクはそんなふうに呟くスギさんの中にふとトオルの抱える何かと同じものを感じ、それはスギさんの中にも、ホリさんの中にも、ボクの中にも、多分、あの堤防に居付いてしまった人たちの誰しもが持っている何かだと思い、それが何かをふと考えた。

それは、多分、人や自分や生きることとうまく折り合いのつけられないものたちの持つ何か、と、そんなふうにも思えたが、その先の答えは見つからなかった。そして、それは何の脈絡もなくふと頭に浮かんだ思いつきのように心の隅を過ってすっと消え、雑多などうでもよいことの一つとして心に残った。

その日からスギさんは堤防に来なくなった。スギさんが姿を見せなくなると熱海行きも無期延期になった。堤防では誰もその話をしない。スギさんのことも、熱海行きのことも、魚漁長とスギさんの喧嘩のことも、誰も触れようとしない。何か、口に出してはいけないことのように誰もが口を閉ざした。

スギさんがいなくなるとトオルが寂しそうな顔をする。何となく元気がなくなり、あまり竿を持たなくなった。来てもぶらぶらしているだけで竿を出さない。やがて冬になり、結局、熱海行きは立ち消えになった。

※

その年の冬、ボクは船釣りを覚えた。定番通りアジ・サバの乗合船から始まり、タイの五目釣りや深場の根魚やカワハギの釣り船に乗り、やがて、浅場のクロメバルに夢中になった。

相模湾のクロメバルは葉山港か茅ヶ崎港から出船する。生き餌になる小イワシの確保に手間がかかることもあってクロメバルの船宿は多くない。茅ヶ崎港の乗合船は二つ。いつもは勇太郎丸に乗るのだが、その日は何かの都合で勇太郎丸が出船しなかった。ボクは沖丸に乗った。

沖丸の出船は朝八時、乗合船にしては遅い。その日の客は三人、休日にしては空いている。出船前の船に乗り込んだボクは右側のミヨシに釣り座をかまえた。

しばらくすると船頭が回ってきて釣り券を回収する。ポケットから釣り券を取り出して振り向くと、斜め後ろにあの魚漁長が立っている。ふと、気まずい空気が流れた。あまり考えず乗った乗合船はあの老人の船だったのだ。

堤防の釣り人を天敵と見ている魚漁長は、竿を抱えて堤防に出入りする釣り人の顔をひとりひとり憶えていて、陰険に、執念深く潜行し、チャンスさえあれば自分の持つ悪意のありったけを浴びせかける。

それは、無遠慮で険悪な視線であったり、底意地の悪い罵声であったり、それが昂じると実力行使に及んだりということになるのだが、その日、ボクの顔を一目見て堤防に出入りする天敵の一人と認識した老人の態度は他の釣り客に対するものとは少し違うものになった。

楽しみにしていた船釣りの一日は嫌な気分から始まった。が、乗ってしまったものは仕方がない。離岸し、全速で沖に向かう船の甲板は空いている。右側のミヨシに他の客はいない。ボクは船頭と他の客に背を向けると釣りだけに集中することにして道具と仕掛けを準備し、船倉の生け簀から生き餌の小イワシを何尾かすくって足元に置いた。

船が沖のエボシ岩に近づくとエンジン音が低くなり、速度が落ち、船足が止まり、やがて、船がポイント付近に着いたことがわかる。船長が魚探で海底の地形を探っている間、クラッチが外れて推進力を失った船のエンジン音が、ガッ、ガッ、ガッ、ガッ、と断続的に続く。その音の合間を縫うように、

「はい、やってください……」

という船頭の声が響いた。皆、その合図を待っていたように仕掛けを投入する。ボクは生き餌用の繊細な仕掛けが絡まないよう左手で下錘をささえながら最初の一投を投入した。

クロメバル釣りは三本ハリスの胴付仕掛けに生き餌の小イワシの口を縫い刺しにして泳がせ、

沖の岩場を探る。沖釣りとはいっても棚は五～十メートルくらいの浅場なのでタックルも軽くリールも小型だ。

この釣りは、その日の棚を正確に掴むことと、餌の生きたイワシを如何に自由に泳ぎ回らせ、抵抗なく喰い込ませることが出来るかが釣果を分ける。

沖の岩場に付いて斜め上を見上げるように泳ぐクロメバルは目の前を逃げ惑うように泳ぐ小イワシを反射的に咥えるが、少しでも抵抗を感じると喰い込まないから穂先が軟らかく胴調子のメバル竿を使う。軟らかいといってもふにゃふにゃではない。錘負荷十五号程度のしっかりと腰がある竿を使う。

利き腕で竿が扱えるようにリールは左ハンドルの小型ベイトリール、仕掛けは繊細で、小さなマルカンを連結具にして一号から一・五号の幹糸を結び十五号の下錘を付ける。そのマルカンに〇・八号のハリスを六十センチの長さでつなぎ、縫い刺しにする生き餌を弱らせないために細軸のヤマメバリを結ぶ。

向こうアワセだからアタリがあっても強くアワセない。ゆっくりと竿を立て、聞きアワセをしてから巻きあげる。手持ち竿でピリピリした釣りをしていると、どうしても早アワセになるから、その日の棚を掴んだら船べりにロッドホルダーをセットして置竿にする。棚を掴んでしまうとあとは竿が釣ってくれる。

生き餌を使う船釣りは何かと忙しい。縺れやすい仕掛けを準備したり、生き餌を元気に保つため水を取り換えたりしながら、ふと気がつくと竿先が海中に突っ込んでいる。慌ててリールを巻くと三・九メートルのメバル竿は手元からしなって、その鋭い引きに竿を立てることができない。釣り座を立って腰を落とし、リールのドラッグを利かせながら慎重に巻き上げる。

その日、船は小刻みに移動しながらエボシ回りのポイントを探り、釣果はカサゴ雑じりでよく釣れた。ボクはただ黙々と釣り、昼までに十五尾上げた。

客が少ないせいか、それとも天敵の一人が乗り合わせたせいか、朝の魚漁長はひどく不機嫌に見えた。陸の上ではひどく好戦的な老人は船の上でも尊大だったが、その頑なな態度も客が一尾上げるごとに和らいでいくのがわかる。客の釣果が延びるのは悪い気分ではないらしい。

朝から同じ船に乗り合わせていると、こちらも最初の悪感情が少しずつ薄らいでいく。そのうちに、ひどく狭量で頑固なこの老人も漁師上がりという以外にはこれと言って取り柄のないただの偏屈な年よりに見えてきた。やがて、日が西に傾きはじめる。

魚漁長は北東の風が南西に変わるのを合図に、

「じゃ、上がりますから……」

と言うと甲板の片付けに入り、やがて、全速で帰路についた。

エボシ岩から茅ヶ崎港までは近いが魚漁長の操船は荒っぽい。全速で走ると舳先は波のうねりをかき分けながら勢いよくバウンドし、客はミヨシにいてもトモにいても飛び散る波の飛沫に濡れて行き場がなくなり、皆、狭い操舵室に避難した。

ボクは舵を握る魚漁長の脇に立った。港が近付くと豆粒のように見えていた釣り人たちがだんだん大きくなる。見慣れた光景なのに海から見る堤防の様子は陸から見るものとはまるで違っていた。

航路の右側に見える突堤から左側の沖堤下の方向には航路を塞いで道糸が何本か伸びているらしく、船が来ることに気がついた釣り人たちがその道糸と仕掛けを大慌てで巻いているのが見える。遠目に見ると何かコマ送りのビデオ映像のようだ。

港の入り口に近づいた船は速度を上げて、まだ巻き上げきれていない道糸が残る突堤と沖堤の間を全速で突っ切った。堤防の突端から沖堤下のポイントに伸びていた道糸が何本か船の舳先に引きずられ、ぷっつりと切られる。

間一髪で巻き上げるのが遅れ、仕掛けをぶち切られた釣り人たちが罵声を上げるのがわかった。遠いので何を言っているのかはわからない。舵を握る老人が口の中で意味不明な罵り声を上げ、その横顔が満足げに歪む。

一瞬、ボクは老人の底知れぬ悪意を感じ、同じ操舵室に立つ自分がこの老人の共犯者でもあるかのような錯覚にとらわれた。当の老人は、

「ちっ、あいつら……」

と、吐き捨てるように言うと、今度は傍らに立つボクに屈折した笑顔を向け、

「あんた、あいつらに何とか言ってやってくれよ……」

と止めを刺した。その暗い視線は共犯者を見るときのものになっている。

ボクは行き場を失い、自分はどちらの側でもないのだからと自分自身に言い聞かせた。そして、洞窟に棲むコウモリが鳥には自分は鳥だと言い、獣には自分は獣だと言い、やがて鳥と獣の双方から相手にされなくなったというイソップの寓話を思い出し、ふと、そのコウモリの気分を想った。

操舵室から出たボクは堤防の上に知った顔を探した。釣り人の中に知った顔はない。何故かホッとしたボクは釣具をまとめてミヨシに移った。船は堤防の先端をかすめるようにして港に入った。

船が着岸すると待っていた船宿の人間がモヤイを投げてよこした。丁度、ミヨシの先端にいたボクはそのモヤイ綱に手をかけて船首の支柱に繋ぎ、繋ぎながら、

〝こんなことしているボクは、多分、この船の常連客にでも見えるんだろうな……〟

とふと思った。

船頭がスクリューを逆回転させると船尾が右に振れる。右に旋回した船尾が堤防脇に吊り下げられた衝撃防止用の古タイヤに当たって軋んだ。ボクは接岸した船が安定するのを待って船を降りた。

手にしたクーラーボックスと竿を一旦下においてから肩に担ぎ、ふっと顔を上げた。そこに

トオルがいた。トオルは何も言わずボクを見、背を向け、やがて、身をひるがえすと夕まずめの時合いを狙う堤防の釣り人たちに紛れて見えなくなった。

それからトオルは口をきかない。子供は正直だから気持ちがそのまま態度に出る。堤防で顔を合わせても以前のように人なつこい笑顔を見せなくなり、たまたま姿を見かけても遠くから棘のある視線を向けるだけで寄ってこようとしない。そうなると他の釣り人も何となくよそよそしく思え、ボクは彼らが遠くなったと感じた。

※

ホリさんはものを言わない。いつもと同じ場所に釣り座をかまえ、のべ竿とカラス貝で形の良いシマダイを狙う。竿とクーラーボックスと買ったばかりの岩イソメのパックを抱えたボクは堤防の上段によじ登ってホリさんの隣に釣り座をかまえる。

その頃、社内の人間関係と仕事上のトラブルを抱えていたボクは二十年勤めた会社に居づらくなっていた。今の仕事は大学を卒業してからすぐに就いた仕事で、他の仕事に就いたことも他の会社に勤めたことも無い。生活の不安もあって辞める決心がつかない。

それをホリさんに話した。話したからといってどうなるものでもなかったが何となく愚痴が出た。ホリさんは、

「辞めるときいろいろ考えるのは最初の会社だけだよ」

と独り言のように言い、少し間を置いて、

「二度目はなんてことないよ」

と言い、そして、

「三度目からはもう慣れたもんだよ」

と言った。仕事と収入を失うという不安がなくなることはなかったが、その言葉にボクは救われたような気分になった。何ということのない短い会話だった。が、今から思うと、それがホリさんとの最後の会話になった。


それからしばらくしてボクは会社を辞めた。釣りどころではなくなり、堤防にも行かなくなった。やがて、釣りもシマダイも遠い記憶の断片となり、現実感を失い、そして、引き出されることのない心の引き出しの奥にしまわれた。結局、ボクの釣りはシマダイに始まりシマダイに終わった。

辞めた会社は親族の経営で、役員待遇だったこともあって失業手当の支給はなく、二十年近い勤続年数のわりに退職金も少なかった。ボクは乏しい退職金の半分を当座の生活費に充て、残りの半分を元手にして小さな貿易会社を立ち上げた。

いい加減な仕事をするつもりはなかったが、事業そのものにはあまり執着がなかったから、元手の資金が尽きるまで軌道に乗らなかったら適当な就職先を見つけようと思っていた。

もう、事業経営はこりごりだったから事務所を設けるつもりもなく、自宅の一室を事務所にあてた。仕事上の人間関係にもほとほと嫌気がさしていたから、この先事業がどう展開しようと従業員を雇うつもりもなかった。

仕事が軌道に乗るまで、食いぶちを稼ぐあてもなく小説を書いた。それがある編集者の目に止まり連載が決まった。英語が出来たことと海外に人脈があったこともあって良い商品に恵まれた。幾つかの幸運が重なって先行きが危ぶまれた事業も二年で軌道に乗った。何もかも一人でこなした。忙しくなった。

※

久しぶりの茅ヶ崎堤防は毎年のように繰り返される護岸工事でずいぶんと変わった。右側の航路は塞がり、右の突堤の先は沖堤と繋がった。左の突堤の外海側はテトラポットが十重二十重に敷設されていて昔のようには竿が出せない。休日はあれだけ混み合っていた堤防の上に釣り人の姿はなかった。

堤防の内側で竿を出す釣り人が何人かいた。サビキ仕立てのカラバリをしゃくって小魚を釣っている。その一人ひとりを目で追った。釣り人たちの中に知った顔はいなかった。

ふと、あれから何年経つのだろうと考えた。ほんの数年前のはずなのに、ずいぶんと昔のことのように思える。遠い記憶を辿るうちにあれが夢だったのか現実だったのかがわからなくなった。

海は凪いで穏やかだった。初夏の日の光が海面に照り返して眩しい。長雨に洗われた空気は澄んで強い潮の香りがした。遠くに初島と伊豆半島が見える。梅雨が明けて、また、シマダイのシーズンが始まろうとしていた。

了

ほそや まこと

神奈川県生まれ。成城大学文芸学部芸術学科卒業後、会社役員を経て㈲オフィスホソヤを設立。ドイツのDr. K. Sochting Biotechnik GmbHより水化学関連技術を導入して観賞魚・農業・一般水処理のエリアにて注目される。その業績によりニュービジネス大賞奨励賞、アントレプレナー大賞奨励賞等を受賞。その後ウォーターフォーラム、機能水シンポジウム等にて研究発表、水環境化学分野の研究・講演活動に携わる傍ら、「アクアリストのための濾過&水質教室」「海水魚水槽の立上げ方」「養鶏管理における水環境整備」など水技術関連著書の執筆を手掛ける一方、エッセイ・小説等の著作多数。その後、環境事業関連法人の技術顧問を務める傍ら、インド占星術を通じてヴェーダンタの世界観に傾倒し、現在は神奈川県在住、執筆活動の傍らインド占星学（Jyotish）の指導と鑑定に携わっている。

ランブル坂の妖精

2015年3月19日　初版発行

著　者　ほそや まこと
発行者　中 田 典 昭
発行所　東京図書出版
発売元　株式会社 リフレ出版
〒113-0021　東京都文京区本駒込 3-10-4
電話 (03)3823-9171　FAX 0120-41-8080
印　刷　株式会社 ブレイン

ISBN978-4-86223-820-7 C0093
Printed in Japan 2015

ご意見、ご感想をお寄せ下さい。

［宛先］〒113-0021　東京都文京区本駒込 3-10-4
東京図書出版